LE CHEVAL BLANC

Castor Poche
Collection animée par
François Faucher, Hélène Wadowski,
et Martine Lang

Titre original :

DEN HVITE HESTEN

Pour Caroline

Une production de l'Atelier du Père Castor

Éditeur original : H. Aschehoug & Co.
© 1987 by Karin Lorentzen
© 1992, Castor Poche Flammarion
pour la traduction française et l'illustration.

KARIN LORENTZEN

LE CHEVAL BLANC

*Traduit du norvégien
par ELLEN HUSE-FOUCHER*

Castor Poche Flammarion

Karin Lorentzen

L'auteur est née à Oslo le 21 mai 1939. Elle a trois grands enfants qui sont toujours étudiants. En plus de l'écriture, elle se consacre à la musique. Son premier livre date de 1975, elle écrit sur ce qui la touche, que ce soit pour les enfants ou pour les adultes. *Le Cheval blanc* est une histoire inventée à partir d'anecdotes réelles, Karin Lorentzen, cavalière, sait de quoi elle parle. Le livre a connu un grand succès dans son pays, la Norvège. Il est traduit en six langues. Des huit livres qu'elle a écrit, *Le Cheval blanc* est le premier à paraître en français.

Ellen Huse-Foucher

La traductrice est née en Norvège, mais vit désormais en Vendée avec son mari français et leur fille. Les langues étrangères l'ont toujours attirée. Elle aime jouer avec les mots, à la recherche du terme juste. Elle a traduit une vingtaine de livres.

Olivier Balez

L'illustrateur de la couverture est né à Besançon, en Franche-Comté, pays du comté et de la cancoillotte, il déménage neuf ans plus tard, pour la côte d'Azur, pays de la socca et des pan bagnats. Après des études de graphisme à l'école Estienne, et quelques séjours à l'étranger, il travaille comme illustrateur. Cette activité lui permet d'aborder des univers très différents : le théâtre, le roman noir, la bande dessinée. Il aime le jazz, le cinéma, la poésie et le chocolat. Avec d'autres illustrateurs, il a créé un groupe, *Les dents de la Poule,* et c'est sous ce « label » qu'il signe depuis quatre ans ses travaux pour la presse et l'édition.

1

Silje était éreintée et complètement trempée sous sa chemise. La bombe avait collé ses cheveux sur son front. Elle enleva l'élastique de sa queue de cheval, passa les doigts dans sa tignasse mouillée puis accrocha la bombe devant le box de Zirba.

Le calme du soir régnait dans l'écurie, tous les chevaux mangeaient et on les entendait souffler tandis qu'ils cherchaient du bon fourrage sec. Silje respira profondément l'odeur de crottin, de sciure, d'avoine et de foin, renforcée semblait-il par le bruit monotone des mâchoires. C'est pourquoi, avant de rincer le mors sous le robinet du couloir et de ranger le harnais dans la sellerie, elle s'appuya contre le mur un instant pour bien écouter ce bruit rassurant.

Elle apercevait la tête de Zirba par-dessus la porte entrouverte. Son grand corps blanc fumait, la sueur coulait le long de son cou, et sur son front on voyait encore les traces foncées laissées par la bride.

Lorsque Silje sortit de la sellerie, la jument se retourna en dressant les oreilles. Elle observa sa maîtresse de ses yeux sombres et confiants. Silje s'arrêta, et elles restèrent ainsi à se contempler : la jeune fille frêle et la puissante jument blanche qui était le plus farouche de tous les chevaux que Silje avait montés. Silje avança, hésitante, comme redoutant de rompre cette harmonie si fragile, capable de se briser au moindre mouvement brusque.

— Zirba, dit-elle doucement en tendant la main vers le chanfrein de la jument qui recula jusqu'au fond du box coincée contre le mur, le regard tout autre, peureux et méfiant.

Silje entra cependant dans le box et s'accroupit derrière la porte pour réfléchir. Puis elle s'approcha du mur et s'y adossa.

— Pourquoi crains-tu tant pour ta tête ? demanda-t-elle d'un ton soucieux, en fixant Zirba qui ne la quittait pas des yeux.

La jument paraissait un peu moins sur ses gardes.

— Je voulais seulement te caresser. (Silje tira de sa poche un morceau de sucre.) Tiens, dit-elle, je suis sûre que ceci te fera venir. Tu vas t'approcher pour happer le sucre, n'est-ce pas ?

Silje parlait autant à elle-même qu'à Zirba, et, tandis qu'elle faisait tourner le morceau de sucre entre ses doigts, Zirba allongeait le cou, les naseaux frémissants.

Si Zirba savait visiblement ce que Silje tenait, elle demeura cependant les jambes plantées dans la sciure.

— Alors, c'est moi qui le mange, dit Silje, et au moment même où le sucre disparut, Zirba esquissa quelques pas craintifs en avant.

— Regarde, il n'y a plus rien.

Elle leva sa main vide vers la jument et sentit la bouche si douce lui chatouiller la paume.

Zirba gardait maintenant sa tête immobile à côté de celle de Silje ; la jeune fille eut une irrésistible envie de brosser le toupet blanc, mais finalement quelque chose la retint.

— Bon, je vais quand même t'en donner un morceau, dit-elle en fouillant dans sa poche. À dire vrai, tu ne le mérites pas, tu étais complètement folle dans le manège et tu n'en faisais qu'à ta tête. Si tu continues comme ça, Bendik aura raison, tu es trop vive pour moi et je n'aurai pas le droit de te garder. J'en ai pourtant bien envie, mais je veux un cheval qui m'obéisse, qui aime faire ce que j'aime, qui vienne quand je l'appelle et qui me suive sans que je le demande. Voilà le cheval que je veux !

Silje ouvrit la main.

— D'accord, d'accord, je te le donne.

Zirba prit vite le morceau de sucre et recula à nouveau jusqu'au fond du box.

Silje s'appuya lourdement contre le mur.

— Je ne te comprends pas, mais c'est vrai que tu es juste arrivée à Ekely et que toutes ces nouveautés doivent t'inquiéter. Je m'en suis bien rendu compte quand je suis venue te dire bonjour dans le paddock cet après-midi ; tu as baissé les oreilles et tu t'es enfuie comme si je te faisais peur ; tu ne m'as même pas laissé une chance, ajouta-t-elle, déçue.

Silje avait découvert Zirba dès son retour de l'école. Abandonnant son vélo sur le parking, elle avait dépassé le manège en courant puis s'était faufilée sous la barrière du paddock.

Les deux chevaux avaient le nez plongé dans le trèfle ; l'un était noir, l'autre était d'un blanc si éclatant que Silje avait dû cligner des yeux pour bien le distinguer dans le soleil. C'était une jument grande et vive, à l'encolure large, aux jambes musclées et à la croupe robuste. Silje en avait presque eu le souffle coupé. Quand la jument s'était mise à tourner dans l'enclos, le cou légèrement courbé et la queue dressée, elle s'était dit qu'elle n'avait jamais vu un aussi beau cheval. Elle ne pouvait cependant définir ce qui le rendait si exceptionnel ; était-ce sa ligne, sa jolie tête, sa démarche aérienne ou bien le fait que ce cheval allait être le sien ? Elle était à la fois troublée et émue en y songeant.

Mayo, le fidèle hongre, apprécia lorsqu'elle lui flatta l'encolure.

— Tu es toujours aussi gentil, avait dit Silje en arrachant quelques feuilles de trèfle pour lui. J'aurais dû vous apporter une friandise, mais je ne savais pas que la nouvelle jument serait là.

Mayo, les oreilles droites, avait semblé boire chacune de ses paroles, et, avant d'aller vers la jument, Silje lui tapa amicalement sur l'épaule. Elle s'était alors approchée du cheval blanc d'un pas lent et presque solennel.

— Si tu lèves la tête maintenant, avait-elle chuchoté avec conviction, si tu me regardes, alors tu seras vraiment *mon* cheval.

Elle n'avait fait que former les mots avec ses lèvres, en se disant qu'ainsi ils deviendraient magiques, et elle avait retenu son souffle. Comme s'il y avait eu transmission de pensée, le cheval avait levé sa belle tête blanche pour la regarder. Mais le charme avait été rompu dès que Silje avait fait mine de la caresser. La jument s'était jetée de côté ; elle paraissait prise de panique et s'était élancée au galop à travers le pré. Elle avait fini par s'arrêter et, le flanc au soleil, elle contempla la jeune fille à bonne distance.

Silje avait des fourmis dans les jambes à force d'être restée accroupie si longtemps ; elle s'étira et changea de position.
— Je t'ai fait peur ? demanda-t-elle, soucieuse. Je voulais simplement te montrer combien j'étais contente que tu sois là ; cela fait des semaines que je t'attends, tu sais. Penser que tu allais venir me rendait heureuse.

Silje dénicha encore un morceau de sucre au fond de sa poche et le croqua.
— Tu n'es pas la seule à adorer les sucreries, expliqua-t-elle.

Puis, elle essaya de la rassurer :

— Ici à Ekely, il ne faut craindre personne. Nous te voulons tous du bien, surtout moi, même si j'ai tiré sur ton mors tout à l'heure. C'était seulement pour te forcer à aller vers le mur. Tu ne m'avais pas donné le choix, tu sais. Tout ce que je peux dire en ta faveur, c'est que tu n'as pas essayé de me désarçonner, alors que cela t'aurait été très facile ! Si tu t'étais cabrée ou si tu avais rué, j'aurais dégringolé ; tu es tellement forte !

Zirba agitait sans cesse les oreilles, tantôt en avant, tantôt en arrière ; son regard était à présent ferme et confiant. Soudain elle fit quelques pas, baissa le cou, resta un moment immobile devant Silje et posa sa tête lourdement sur son épaule. À ce contact une sensation de chaleur et d'émotion parcourut Silje qui eut l'impression que ses jambes allaient la trahir. Elle dut s'appuyer contre le mur pour ne pas céder sous le poids.

— Zirba, dit-elle tout doucement, comme tu es étrange, à la fois fougueuse et douce.

Elle ne bougea pas pendant quelques instants. Le souffle chaud lui chatouillait le cou. Elle plongea son regard dans celui qui la fixait.

Silje savait que c'est seulement lorsqu'on voit le blanc dans les yeux d'un cheval qu'il est de mauvaise humeur, et elle se
souvint alors de Cicero. Le hongre alezan
de Bendik avait des yeux qui devenaient
« blancs » dès qu'on s'approchait de son
box, et il se mettait aussitôt à trépigner,
tête levée et naseaux dilatés. Parfois même
il devenait menaçant et chargeait avec
dents et sabots en avant. Peu de gens
osaient le déranger. Les seuls qui ne se lais-
saient pas impressionner et qui en faisaient ce qu'ils voulaient étaient son oncle
Bendik et Arne, le maître écuyer.

Silje changea de position une fois de
plus, et se trouvait presque à genoux lorsque Zirba enleva la tête de son épaule et se
dirigea vers la mangeoire. La découvrant
vide, la jument renâcla, indignée, et se mit
à gratter du sabot la sciure.
— D'accord, d'accord, tu vas en avoir, dit
Silje en se redressant.

La grange était pleine et Silje respira
profondément cette bonne odeur sucrée
tandis qu'elle s'habituait à la pénombre. Le
toit était haut et pointu comme celui d'une
église, quelques rais de lumière, où dansait
la poussière, filtraient au travers des fentes
du pignon et éclairaient les contours des

poutres en sapin. Le foin frais et vert était pressé en balles dures empilées entre les poutres.

Quand Silje était petite, elle adorait sauter dans le foin avec Tina. Elles se faufilaient sans bruit par l'échelle de meunier, telles des petites souris, et s'asseyaient tout en haut sur la poutre transversale où elles mangeaient des pâtes de fruits avant de se prendre par la main et de plonger. Hélas, depuis qu'on pressait le foin en balles, il n'y avait plus que les chats de Kristine pour se livrer à un tel exercice.

Silje ramassa une brassée de fourrage qui traînait par terre, le secoua, prit un peu de son dans le sac près de la porte et redescendit dans l'écurie.

Dès que Silje eut rempli la mangeoire, Zirba avala une bonne bouchée.

— Tu en as un sacré appétit ! constata Silje. En plus, ça se voit, tu as un gros ventre. Ballonné par le foin. Je vais chercher le sac à étriller dans la sellerie.

Tout ce qui préoccupait Zirba, c'était de manger. Si bien qu'elle refusa de lever la tête lorsque Silje voulut l'essuyer avec une serviette. En revanche, quand vint le tour de ses jambes, elle se déplaça volontiers pour faciliter la tâche de sa jeune maîtresse.

À genoux, Silje se mit à brosser méticuleusement les boulets* de la jument qui, de temps en temps, lui donnait un petit coup de nez, comme pour lui dire de continuer. Elle semblait vraiment savourer l'opération : les yeux mi-clos, quelques brins de foin dépassant de sa bouche, elle était tellement contente qu'elle en oubliait de manger ! Mais dès que Silje eut terminé, elle se jeta de nouveau goulûment sur la nourriture et ne broncha pas quand Silje partit.

En sortant de l'écurie celle-ci croisa Bendik qui revenait du concours hippique. Il lui demanda comment cela s'était passé avec Zirba.

— Pas trop bien. Je n'ai jamais rencontré un cheval aussi entêté. Nous avons travaillé pendant plus d'une heure, elle a pris le mors aux dents et s'est élancée comme une fusée. J'ai quand même réussi à l'arrêter.

Bendik lui conseilla d'attendre quelques jours avant d'essayer le galop.

— Pour arriver à la dresser et faire d'elle *ton* cheval, vous avez besoin de mieux vous connaître.

---

* Articulation de l'extrémité inférieure de l'os canon avec la première phalange au-dessus du paturon.

— On aurait dit qu'elle voulait me mettre à l'épreuve, et je crains fort qu'elle ne pense avoir gagné.

— Elle le pense sûrement !

Bendik souriait. Ses yeux, qui n'étaient plus que deux fentes au milieu des rides, lui conféraient, malgré ses cheveux gris, un air malicieux.

— C'est normal qu'elle se comporte ainsi. Tous les chevaux le font lorsqu'ils changent de cavalier. D'ailleurs, s'ils étaient vraiment conscients de leur force, personne ne pourrait les monter.

Ils se dirigèrent ensemble vers l'une des maisons de la ferme.

— Mais elle n'a pas tenté de me désarçonner, rétorqua Silje. Elle a filé comme l'éclair, c'est tout. Elle n'était même pas fatiguée, en tout cas pas de courir ! Ce qui la gênait c'était de faire quelque chose contre son gré. Elle était si furieuse qu'elle en fumait.

— Elle a du caractère ; maintenant, c'est à toi de le façonner. (Bendik posa sa main sur l'épaule de Silje et dit d'un ton encourageant :) Je suis sûr que tu y parviendras, je vais t'aider. Nous commencerons demain, dès que j'aurai fini avec les élèves du club. Auparavant, tu la feras marcher au pas, afin qu'elle s'habitue aux lieux et à toi.

Silje le suivit du regard tandis qu'il rentrait chez lui. Bendik lui avait appris tout ce qu'elle savait sur les chevaux et tous les jours il lui enseignait quelque chose de nouveau. Vraiment, les chevaux n'avaient pas de secrets pour lui.

Silje aperçut Kristine dans la cuisine de la maison principale. Elle monta les marches d'un bond.

— Tu as vu Zirba ?

La porte claqua derrière elle.

Oui, sa grand-mère l'avait vue, elle l'avait même montée et avait eu bien du mal.

— C'est une jument superbe, quoiqu'un peu jeune, têtue et mal dressée, mais c'est sans doute dû à son âge. Tu sais qu'elle n'a que cinq ans ?

Silje fit non de la tête ; elle ignorait aussi ses origines, elle avait complètement oublié d'interroger Bendik à ce propos.

— Elle est croisée d'oldenburger* et de pur-sang, lui dit Kristine. Elle semble d'ailleurs avoir de bonnes dispositions pour le saut, sinon Bendik ne t'aurait pas donné un cheval blanc.

— Pourquoi ?

* De la région d'Oldenburg, partie de l'État de Basse-Saxe.

18

— Parce qu'un cheval blanc se fait souvent rejeter par les autres, surtout dans les prés pendant l'été. Tu n'as pas entendu parler du hongre blanc que Bendik avait il y a quelques années ?

Silje hocha la tête. En effet, il y avait longtemps déjà, Tina lui avait raconté l'histoire de Banco. Le pauvre cheval avait été maltraité par les autres, il était même devenu le souffre-douleur de l'un d'entre eux, ce qui l'avait rendu méchant. Quand Bendik avait voulu le ramener des herbages, Banco l'avait attaqué et finalement on avait dû le faire abattre.

— Pourtant j'ai vu Zirba et Mayo paître paisiblement côte à côte aujourd'hui, remarqua Silje, songeuse.

— C'est l'instinct de troupeau, expliqua Kristine, cela se passe toujours bien quand ils ne sont que deux, c'est au-delà que les problèmes commencent. Espérons que Mayo protégera Zirba cet été. De toute façon, avant cela, il faut s'assurer que tu arrives à la maîtriser... et être certain que tu l'aimes.

— Ça je le sais.

— Quoi donc ?

— Que je l'aime.

— Je m'en doutais, c'était écrit sur ton

visage lorsque tu es entrée en courant tout à l'heure.

— Trouves-tu son nom joli ?

— Oui. Zirba, c'est court et beau ; mais de toute manière je n'aurais pas pu le changer, cela porte malheur, de même qu'on dit qu'un cheval blanc porte chance.

Silje eut bien du mal à s'endormir ce soir-là ; elle avait l'impression d'être à la veille d'un jour très important. Un jour nouveau et différent, un peu comme le dernier jour des grandes vacances. Le début du dressage de Zirba était pour demain, le dressage qui allait faire d'elle *sa* jument. Silje savait que cela exigerait beaucoup de temps et de travail et qu'elle risquait de le regretter par moments. Tina avait connu cela, elle avait eu envie de s'occuper d'autre chose que nettoyer le box, étriller, brosser et s'entraîner. Tina était sa cousine. De trois ans son aînée, elle était la fille de Bendik, et elle avait reçu son premier cheval avant de quitter l'école primaire. Silje revoyait tout cela : la joie de sa cousine lorsqu'elle avait eu Misty, un adorable poney marron foncé aux yeux sages et au caractère facile. Tina avait presque habité dans l'écurie, où elle avait même passé la nuit quand sa chère Misty avait eu une colique. Mais à la longue, Tina avait trouvé difficile de consacrer toutes ses journées au poney, si bien qu'elle avait été plus soulagée que triste quand Bendik l'avait vendu.

Silje ne l'avait pas admis et s'était juré que si un jour elle avait son propre cheval, elle ne s'en séparerait jamais. Elle était prête à monter Zirba tous les jours et par tous les temps. Elle n'allait pas demander aux autres de le faire ; Zirba était sous sa responsabilité. La jument devait être soignée, dressée et montée rien que par elle. Elle savait qu'elles feraient un jour deux pas en avant, le lendemain peut-être un en arrière. Il ne faudrait surtout pas abandonner, mais tirer des leçons de chaque échec, et recommencer, toujours recommencer. Être encourageante, mais ferme. L'entraînement devrait être une joie partagée. Il ne faudrait surtout pas qu'elle lasse Zirba. Elles se réjouiraient de vaincre les obstacles ensemble, mais ce serait le rôle de Silje de donner les bonnes indications, sinon Zirba n'aurait pas les bonnes réactions. À la fin elles se connaîtraient si bien qu'elles pourraient prévoir les réactions l'une de l'autre. Le but que Silje se fixait était justement d'établir cette complicité. Elle voulait éprouver l'entente entre cheval et cavalier au moment de franchir l'obstacle, l'entente entre la puissance de l'un et la volonté de l'autre, toutes deux nécessaires et indissociables. Elle rêvait à la joie qui s'ensuivrait, le sentiment enivrant de former un bloc.

À partir de demain, ses premières et dernières pensées seraient pour Zirba. L'école, entre-temps. Bien sûr il n'y aurait plus beaucoup de temps pour Janne, Anders, Morten et Marius, ses amis. Est-ce que cela lui manquerait ? Peut-être. Mieux valait ne pas trop s'en inquiéter et ne songer qu'à Zirba.

Silje ferma les yeux et revit sa belle tête blanche, son air attentif, sa nuque puissante et son pas équilibré. Elle pesa de la main sur son épaule et elle éprouva à nouveau le poids de la tête de Zirba. Elle s'enfonça davantage sous sa couette et s'imagina montant Zirba sur le sentier broussailleux le long du champ d'avoine. Silje se voyait collée à la selle, son buste se balançant au rythme de la jument, et elle sentait ses forces devenir siennes. Hélas, d'un seul coup l'image changea : des sabots puissants tambourinaient sur le sol du manège. Silje en avait les mains moites. Et si Zirba refusait de se plier ? Si elle continuait à n'en faire qu'à sa tête parce que Silje ne serait pas à la hauteur ? Que se passerait-il alors ? Bendik avait déjà été contraint de vendre des chevaux trop durs... Silje respira profondément, serra les paupières et réussit à faire revenir les images paisibles du sentier, et c'est ainsi qu'elle s'endormit, la main pressée contre son épaule.

2

La ferme d'Ekely se trouvait à l'extérieur de la ville. On y avait une belle vue sur les champs et les collines boisées des environs. Le portail était facile à reconnaître avec son clocheton pointu et sa girouette. En le franchissant, on pénétrait dans la cour qu'entouraient la maison principale, le pavillon de Bendik, le cellier, la remise, l'écurie et la grange. Tous ces bâtiments étaient de bois, peints en rouge ; seuls les portes étaient blanches et les cadres des fenêtres verts. Le vieux chêne planté dans la cour, *ek* en norvégien, avait donné son nom à la propriété qui appartenait à la famille de Silje depuis des générations. Silje y était née, tout comme son père Peter et sa grand-mère Kristine. Lorsque Bendik avait pris la succession de son père, il avait décidé de mettre les terres en fermage et de transformer Ekely en centre équestre.

À l'âge de deux ans, Silje était partie avec ses parents habiter la ville natale de sa mère, dans le sud de la Norvège, et elle y avait vécu pendant cinq ans, avant de revenir à Ekely avec son père.

Elle n'avait guère de souvenirs de cette époque ; pourtant elle n'avait pas oublié leur voyage de retour : sa mère lui avait donné deux boîtes de pâtes de fruits qu'elle avait dévorées dans la voiture. Pliée en deux entre les jambes de son père, elle avait tout vomi dans le fossé. Ensuite son père l'avait allongée sur la banquette arrière avec un oreiller et une couette. Elle s'était endormie tout de suite et n'avait rouvert les yeux qu'à Ekely.

L'été suivant, Silje était retournée dans le sud, à Stuane, peu après la naissance de son petit frère Espen, et en comparant avec ses propres photos de bébé elle avait vu qu'il lui ressemblait. Depuis lors, dans son esprit, Espen était indissociable des plaisirs de l'été. Elle passait toujours les grandes vacances à Stuane et avait le sentiment d'être là-bas chez elle.

Bien que Silje eût appris à monter à cheval avant de savoir marcher, et qu'elle eût souvent pratiqué l'équitation à Ekely dans sa petite enfance, ce n'est qu'à sept ans, lors de son retour définitif à la ferme, qu'elle reprit le flambeau de Kristine et se mit à passer le plus clair de son temps dans l'écurie.

C'était d'ailleurs sa grand-mère qui avait convaincu Peter d'offrir un cheval à Silje. Elle en avait eu un au même âge et pensait que c'était l'âge idéal pour une telle responsabilité.

— C'est important d'apprendre à être responsable, avait-elle dit à Peter, et on y parvient bien mieux en ayant son propre cheval qu'en montant ceux des autres.

Silje, accroupie sous le chêne à cueillir des fleurs, avait tout entendu de leur conversation. Elle avait feint d'être totalement absorbée par sa tâche, mais, en réalité, elle avait retenu son souffle pour mieux écouter, jusqu'à la décision de son père.

Peter avait rétorqué que Silje avait bien assez de responsabilités avec son chien Caro, un pointer allemand aux instincts de chasse encore mal maîtrisés. Et en plus, il y avait l'école.

— Elle entre en troisième, c'est une année charnière, avait-il dit, en ajoutant que c'était aussi une question d'argent, qu'un cheval revenait cher.

— C'est vrai, avait répondu Kristine, mais Silje a fait des économies ; elle s'est occupée du fourrage un week-end sur deux et elle veut utiliser cet argent pour acheter un cheval. Je compléterai.

— Et les frais de pension ?

— Elle les paiera en partie en continuant son travail. Nous en avons discuté et elle est tout à fait consciente de ce qu'un cheval peut exiger de temps et d'argent.

— Mais elle part à Stuane tous les étés ; que deviendra le cheval, alors ? D'autant qu'elle reste absente plusieurs semaines.

— Le cheval prendra aussi des vacances. Il sera au pré, ce n'est pas un problème.

Kristine avait été inébranlable au point que Silje avait presque éprouvé de la pitié pour son père. Quand elle avait compris qu'il allait céder, elle avait choisi les marguerites les plus belles et en avait fait un bouquet pour son bureau.

À partir de ce jour-là, elle avait eu bien du mal à contenir son impatience en attendant le départ de Bendik pour le Danemark, où il devait essayer de lui trouver un cheval. Il avait promis d'y aller au retour des vacances d'été, lorsque les chevaux seraient revenus des herbages.

Les deux écuries d'Ekely étaient séparées par les caisses à fourrage et les sacs de sciure. Dans la plus ancienne logeaient Cicero et Mayo avec les trois juments : Lady, Lucky et Silva. La plus récente, qui auparavant avait abrité moutons et vaches, hébergeait Zirba et les douze chevaux du club, chacun dans un box avec une fenêtre donnant soit sur la cour à l'est, soit sur les collines bleutées à l'ouest.

C'était l'heure du repas avec son vacarme sans pareil. Lorsqu'il passait devant les boxes en poussant le chariot, Arne était toujours accueilli par des coups de pied et des hennissements furieux d'impatience. Les chevaux s'excitaient et Arne leur répondait avec des exclamations bien envoyées, mais, comme ils se côtoyaient depuis des années, ni les chevaux ni lui ne prenaient ombrage de ces apostrophes réciproques.

Comme Caro se précipitait vers l'écurie neuve, Silje le suivit en courant, mais elle s'arrêta net lorsqu'elle vit Zirba attachée à la barre au-dessus de sa mangeoire.

Elle appela Arne.

— Pourquoi l'as-tu attachée ? lui dit-elle, surprise, avant d'entrer dans le box.

— Parce qu'elle m'a mordu. J'étais en train d'évacuer le fumier lorsqu'elle m'a enfoncé ses dents dans la hanche, dit-il en frottant l'endroit douloureux.

Silje avait du mal à le croire. Elle ne se souvenait pas d'avoir vu Zirba agressive ou menaçante la veille.

— Je ne comprends pas, elle n'était pas comme ça hier, elle était sur ses gardes, mais pas capricieuse. Quand t'a-t-elle fait ça ?

— Il y a un instant.

— C'était certainement parce qu'elle avait faim et qu'elle voulait que tu apportes de la nourriture plutôt que la fourche à crottin.

— Je n'en sais rien. Toujours est-il que j'ai peu de patience avec les juments grincheuses qui mordent dès le lendemain de leur arrivée. Molly me suffit, dans ce domaine.

— C'est bien là le problème. Zirba est nouvelle ici et cet univers inconnu l'effraie.

Arne haussa les épaules.

— J'espère que tu as raison, dit-il en retournant au chariot. Autrement, je continuerai à l'attacher.

Silje détacha le nœud en sermonnant la jument :

— Il ne faut plus mordre, c'est une méchante habitude que tu feras bien de perdre tout de suite, sinon Arne t'attachera tout le temps et je ne crois pas que tu apprécies...

Une fois libérée Zirba secoua la tête et se pencha, curieuse, pour renifler Caro. Le chien, tout en remuant la queue, ne bougea pas d'abord ; puis il s'élança entre les jambes de la jument, fit quelques bonds autour d'elle, et sortit du box rejoindre Arne.

La mangeoire de Zirba était vide, ce qu'elle fit remarquer en soufflant de mécontentement.

— Tu vas en avoir, dit Silje, mais rien qu'un peu. Nous allons nous entraîner avec Bendik et tu en auras davantage après, promit-elle en lui versant une mesure d'avoine.

Sur ces entrefaites survint Bendik et Silje lui raconta l'incident qui venait de mettre aux prises Zirba et Arne.

— Je ne crois pas que ce soit la solution, conclut-elle, car elle craint pour sa tête et elle n'en sera que plus inquiète.

Bendik était d'accord, mais comprenait l'attitude d'Arne.

— Il n'a pas le temps d'éduquer vingt chevaux. Espérons que les choses en restent là, mais sois prudente tout de même, surtout à l'heure du fourrage où tous les chevaux se montrent nerveux.

Pour ce premier jour d'entraînement intensif, Bendik et Silje étaient seuls dans le manège.

Au début Bendik se tint au milieu de la piste pour diriger la reprise, mais quand Zirba commença à devenir impossible, il la monta lui-même, raccourcit les rênes, usa de la cravache et donna des jambes pour la rassembler sous lui. Zirba en fut contrariée, cependant elle céda. Elle galopa tête basse et queue dressée ; bien que chaque muscle de son corps luttât contre le cavalier, en même temps elle avait un air déterminé et assuré. Lorsqu'elle fut sur la longueur du manège, elle sortit l'épaule et fonça tout droit. Silje éprouva un sentiment de triomphe, mais une longue vie en compagnie de chevaux obstinés avait enseigné à Bendik comment se faire obéir, même de la farouche Zirba.

Bendik continua à faire travailler Zirba jusqu'à ce qu'elle devienne douce et docile et quand Silje la monta de nouveau, la jument accepta sans rechigner de faire des huits, des sessions à la jambe et des pirouettes. Elle connaissait tous ces mouvements et se montra aussi disciplinée sous la conduite de Silje que sous la férule de Bendik.

Par la suite, néanmoins, quand Silje et

Zirba étaient seules à l'entraînement, ce ne fut pas toujours le cas. Il n'y eut guère de jour sans conflit : Zirba s'opposait à la volonté de sa cavalière et partait au grand galop, sa tête musclée tirant si fort sur les rênes que Silje finit par en avoir des ampoules aux mains malgré ses gants. Ça ne pouvait plus durer. Un jour, la colère l'emporta et elle cingla Zirba de coups de cravache tout en lui assenant de formidables coups de talon dans les flancs !

Jamais Silje ne se serait crue capable de réagir aussi violemment, mais elle était à bout de nerfs, et si la jument ne voulait pas céder à la douceur et à la patience, il fallait bien employer les grands moyens !

Silje pleurait à chaudes larmes tandis qu'elle continuait à donner des jambes et, à coups d'éperon, elle força Zirba à aller de côté et d'autre. Zirba résistait, se cabrait, ruait, mais Silje ne se laissait pas impressionner et restait collée à la selle.

Zirba finit par renoncer à la lutte, elle se calma et, sans résister davantage, se prit au jeu, obéissant aux mains et aux jambes de Silje. Elle avança d'un pas léger, le cou courbé, faisant preuve d'un esprit de coopération tout neuf... Silje lui signifia de galoper, la jument, détendue, abandonna le trot court pour un galop contrôlé. La lutte serait-elle finie ? Silje se dit qu'on allait enfin pouvoir aborder les choses sérieuses.

Elles commencèrent dès le lendemain. Bendik avait construit un parcours d'obstacles en plein air. Silje essaya d'abord un obstacle de trot avant de tenter un petit parcours.

Elle dirigea Zirba vers l'obstacle. Oreilles pointées, tous muscles tendus, la jument levait les sabots très haut, et courait la tête rejetée en arrière.

Silje raccourcit les rênes, fit prendre le trot à Zirba, puis la lança au galop vers le premier obstacle.

Enfin elles allaient tenter quelque chose ensemble. Réussiraient-elles ? Silje trouverait-elle le bon rythme ? l'équilibre ? Parviendrait-elle à faire accélérer Zirba, à la contenir, à lâcher les rênes, à rester en selle à la réception ? Plus d'une fois elle était tombée de chevaux moins fougueux. Leur entente devait être totale, leurs deux corps n'en faire plus qu'un.

Silje pressa ses mollets contre les flancs du cheval, se cala dans la selle, se pencha sur l'encolure, et lâcha les rênes au moment où Zirba planait par-dessus l'obstacle. La légèreté de la réception ne ralentit pas la course de la jument qui fonça au-devant du second obstacle.

Silje s'appliquait à amener Zirba dans la bonne direction, et la jument faisait le reste. D'instinct elle choisit le bon pas et franchit tous les obstacles sans difficulté. Ses sauts planés et ses longues foulées de galop, presque lentes, contrastaient vivement avec ses coups de sabots impétueux : ils la propulsaient en avant avec une force qui réduisait dangereusement la distance entre les obstacles. Rien ne pouvait l'arrêter. Silje voyait les sabots virevolter, le sol disparaître sous elle et les arbres filer tout près. Oui, vraiment, Zirba aimait cela ; elle savait le faire, et le faisait sans se soucier le moins du monde de Silje et de ses désirs.

3

Sous la douche, Silje savourait les flots d'eau chaude. La tête en arrière, elle respira profondément et se laissa envahir par l'odeur parfumée du shampooing.

La glace sur la porte était couverte de buée. Elle l'essuya avec sa serviette et y jeta un regard scrutateur, qu'elle posa tour à tour sur ses cheveux châtains mi-longs, ses yeux bleus, son grand front, ses sourcils marqués, ses épaules droites, ses seins arrondis, ses hanches étroites et ses mollets joliment galbés. Elle pouvait tout juste s'y découvrir en entier avec son mètre cinquante-neuf.

Sa petite chambre mansardée, tapissée en jaune, meublée d'un bureau, d'un lit et d'un placard, n'avait qu'une fenêtre qui donnait sur « le pré aux moutons ». Tout en séchant ses cheveux, Silje examinait les posters accrochés aux murs – des posters de chevaux bien sûr. Des chevaux en tous genres, des juments, des poneys, des poulains et des étalons ; des alezans, des bais, des gris et des blancs. Tous différents. Mais aucun qui puisse se comparer à Zirba ! Pas un cheval ne pouvait être aussi têtu et opiniâtre, et en même temps aussi confiant... Dans son box, elle était si douce et si gentille que Silje et Caro pouvaient lui faire ce qu'ils voulaient sans qu'elle remue même le bout de l'oreille, mais devant les obstacles c'était une autre affaire. Il fallait alors que Silje se fâche, qu'elle se mette vraiment en colère. Pourtant elle ne pouvait pas continuer à dresser Zirba à grands coups de cravache ! Si la jument refusait de se plier spontanément à la volonté de Silje, il faudrait que Bendik lui cherche un autre cheval. Ces révoltes de Zirba, qu'elle ne parvenait pas à contrôler sans se fâcher, Silje les ressentait amèrement comme un échec personnel. Grâce au triple mors que Bendik avait proposé, il y avait pourtant des progrès, surtout dans le manège, où Zirba commençait à céder quand Silje donnait des jambes. Maintenant elle allait vers le mors, faisait des

voltes et du galop rassemblé. Elles s'entraî-
naient tous les jours, encore et encore.
Elles avaient fini par trouver le bon
rythme... mais pas sur le parcours d'obstacles ; à l'extérieur, Zirba se montrait toujours aussi obstinée et ne se souciait guère
de Silje.

Silje rangea le sèche-cheveux dans le
placard, prit ses livres de maths et laissa
un petit mot à Peter pour lui dire qu'elle
partait avec Caro chez son amie Janne.

Janne habitait au dernier étage de l'immeuble le plus proche de l'école. Juste derrière, du côté du soleil couchant, il y avait
l'église, petite et toute blanche, un grand
terrain de jeu et le lotissement, avec sa
foule de pavillons.

Chacun des deux immeubles avait quatre étages de cinq fenêtres. Silje s'était ins-
tallée devant la fenêtre du séjour et fixait
l'appartement d'en face. Elle aimait ça,
« espionner » ainsi la vie privée des autres,
elle aurait pu y passer des heures. À Ekely,
elle n'avait que le paysage à contempler, et,
hormis le lâcher des chevaux au printemps, rien d'autre à regarder pour nour-
rir son imagination.

Pendant que Janne faisait chauffer l'eau
du thé dans la cuisine, Silje écarta complètement le rideau, afin de mieux voir chez

Mme Lyng, son professeur d'anglais, qui habitait au troisième étage. Et quel professeur ! On ne bronchait pas pendant ses cours, même Anders se taisait. Il faut dire qu'il se rattrapait après...

Silje connaissait bien Mark Lyng, qui était dans sa classe et ressemblait à sa mère. Elle connaissait moins Marius, son frère, qui était dans la classe supérieure et ne ressemblait qu'à lui-même, avec ses longs cheveux blonds, bouclés et ébouriffés, ses yeux noisette et sa démarche nonchalante. Il n'était pas vraiment beau, mais on le remarquait toujours. Il était entré au lycée cette année, et Silje avait presque oublié de quoi il avait l'air.

À ce moment précis, elle aperçut Marius qui s'avançait sur le balcon. Silje en fut si émue qu'elle en éprouva un frisson jusque dans les orteils ! Oh non, elle n'avait pas du tout oublié de quoi il avait l'air... Il avait toujours autant de charme ! Et il devait y avoir des douzaines de filles dans son lycée qui s'en étaient rendu compte.

Silje n'avait parlé à Marius qu'une seule fois, au bal disco du collège, juste avant les vacances. Ils n'avaient pas dansé ensemble, mais elle avait senti son regard s'appesantir sur elle, et quand elle était partie, il avait voulu la raccompagner pour voir les chevaux. Elle n'en avait pas cru ses oreilles ! Mais quand il avait recommencé à parler des chevaux, elle lui avait expliqué que les écuries étaient toujours fermées la nuit. Ça ne l'avait pas empêché de la raccompagner jusqu'à Ekely. Ils avaient traversé le pré aux moutons en s'appliquant à sauter par-dessus les racines et à ne pas trébucher trop près l'un de l'autre.

Devant le portail, il lui avait pris la main :

— Je reviendrai un autre jour, alors, pour les chevaux, avait-il murmuré.

Silje avait fait oui de la tête, s'était dégagée et avait couru jusqu'à la maison.

Depuis ce jour, elle avait souvent pensé à lui, mais les choses en étaient restées là. L'été était venu, puis Marius était parti au lycée. Elle l'avait perdu de vue alors, et avait oublié, ou refoulé, la plupart des idées qu'elle s'était faites à son sujet.

— Pourquoi as-tu tiré les rideaux ? s'étonna Janne en entrant avec les tasses de thé.

— Marius ! répondit Silje en désignant l'immeuble d'en face d'un léger mouvement de tête.

— Tu es toujours amoureuse de lui ?

— Je ne l'ai jamais été.

— D'accord, d'accord ! On commence à travailler ?

Elle ouvrit le livre de maths.
— Qu'est-ce que tu ne comprends pas ?
— Tout !

Maths. Maths. Maths. Plus de deux heures de maths avant que Janne ne demande
enfin des nouvelles de Zirba ! Elle ne s'intéressait pas du tout aux chevaux et ne
comprenait pas que Silje gâche sa jeunesse
avec « ça ».
— Pense à tout ce que tu pourrais faire
d'autre !
Elle mit un disque des Simple Minds.
— Voilà du rythme ! Là, il faut contrôler
ses mouvements, comme tu dis !
Elle commença à danser avec souplesse,
balançant son corps en mesure.
— Tu viens au disco, vendredi ?
Silje fit non de la tête.
— C'est l'heure de mon entraînement
d'obstacles.
— Tu n'en as jamais marre ?
— Non... Si... avoua-t-elle. Zirba est telle-
ment butée parfois. Mais il y a aussi des
fois où nous nous entendons très bien,
alors j'oublie tout le reste.
— C'est comme moi avec Anders.
Silje n'aimait pas la comparaison.
— Tu n'es pas responsable d'Anders. Tu
sors avec lui, c'est tout. Et encore, seule-

ment de temps en temps, quand ça te convient. Tandis que Zirba, pour moi, c'est différent. Je n'en suis pas responsable seulement quand ça me plaît. Elle dépend de moi en permanence.

— Mais pourquoi voulais-tu absolument avoir un cheval à toi ? Tu aurais pu continuer de monter Mayo, comme avant.

Silje réfléchit.

— Parce que Zirba n'est rien qu'à moi et que c'est moi qui décide de tout pour elle. Ce dont elle a besoin, c'est moi qui le lui fais, et elle le sait bien. D'ailleurs elle commence à dépendre de moi. Elle m'attend chaque jour avec impatience. Tout ce qu'elle apprend, c'est avec moi qu'elle l'apprend, mais bien sûr, cela exige beaucoup de temps... (Silje poussa un profond soupir.) Pourtant ça vaut la peine.

— Et les concours, c'est pour bientôt ?

— Peut-être. Il y a le concours du club à la fin du mois, pourtant j'hésite encore. Sur le terrain, elle est tout feu tout flamme mais n'en fait qu'à sa tête. Et puis elle grossit. Bien que j'aie diminué sa ration, elle prend du ventre.

— Elle va peut-être avoir un poulain ?

— Certainement pas. Elle vient juste d'arriver du Danemark.

— Et alors ? Ils n'ont pas d'étalons là-bas ?

— Si, évidemment. Mais ils auraient averti Bendik.

— Peut-être qu'ils l'ignoraient ! Les accidents, ça arrive !

— Non, c'est impossible ! Zirba sort d'un haras qui ne s'occupe que du commerce des chevaux. Ils n'auraient pas couru le risque de vendre une jument pleine sans prévenir.

— Oh ! moi, ce que j'en dis... Je ne voulais rien insinuer. Je trouvais seulement que c'était une explication logique à son gros ventre... Oublie tout ça. Tu sais bien que je ne connais rien aux chevaux.

Au retour de chez Janne, Silje passa par l'écurie. Comme d'habitude Caro courait loin devant. Il s'arrêta près du box de Zirba et Silje le rejoignit sans tarder.

Zirba était couchée sur le ventre, les jambes repliées sous elle. Quand Silje ouvrit la porte, elle se redressa tout de suite et se mit à hennir doucement.

Puis elle leva l'antérieur gauche, et, en même temps, le chien assis à côté d'elle leva la patte : lui aussi voulait un sucre.

Silje éclata de rire.

— Un pour toi ! et un autre pour toi !

Satisfait, Caro fit son petit tour habituel

entre les jambes de la jument, renifla ses sabots et sortit du box.

Lorsque Silje tâta son ventre rebondi, Zirba tourna la tête et lui adressa un regard plein d'intérêt, puis la jeune fille s'accroupit pour lui frictionner les boulets et la jument, reconnaissante, baissa le cou et posa sa lourde tête sur l'épaule de sa maîtresse.

Silje regagna leur appartement ; son père n'était pas encore rentré du bureau. Il avait toujours fait des longues journées, et d'ailleurs, elle ne se souvenait pas d'avoir jamais dîné avant le pansage des chevaux, contrairement aux autres familles où l'on dîne généralement vers cinq heures et demie. Mais elle aimait ce décalage, car ainsi les journées paraissaient plus longues. Pourtant ces temps-ci, elle avait l'impression que Peter rentrait plus tard que d'habitude. Peut-être pensait-il que Zirba lui suffisait désormais... Depuis leur retour à Ekely, il avait été pour Silje à la fois un père et une mère. Pour être avec elle, il avait toujours pris des congés aussi souvent que possible. Il avait bien eu une amie pendant quelque temps, mais ça n'avait pas duré. Et à partir du moment où il avait commencé à s'intéresser vraiment à ses concours hippiques et emprunté le van de Bendik pour transporter Mayo tous les week-ends, Silje avait été comblée.

Pourtant Peter n'avait jamais aimé monter à cheval, même si sa mère l'avait mis en selle bien avant qu'il ait appris à marcher. Dès qu'il avait été en âge de courir, il avait tout fait pour échapper aux promenades équestres quotidiennes. Il avait raconté à Silje comment un jour il s'était caché dans le box d'Alex, un hongre si ombrageux que même Kristine n'osait pas l'approcher. Il n'en était sorti, malgré les supplications de sa mère, que contre la promesse qu'il ne serait plus jamais obligé de monter à cheval !

Ce jour-là, il avait appris que les chevaux sont des amis qui peuvent vous protéger... mais il n'avait jamais appris à les monter.

4

Octobre. Le mois du vent et des nuits qui tombent vite.

Zirba était dans l'enclos, dont elle faisait le tour au petit trot, la tête levée, l'œil attentif et presque inquiet, comme si elle sentait alentour quelque chose qu'elle ne parvenait pas à identifier. Elle accéléra l'allure, guettant et flairant toujours, les oreilles pointées, la queue ondoyant souplement entre les jambes.

Au bout d'un moment, elle s'approcha de Silje et happa l'air tout près de sa main pour réclamer une carotte. Silje n'aimait pas beaucoup offrir des friandises aux chevaux sans une raison valable, mais Kristine lui avait expliqué que cela pouvait être nécessaire dans certains cas.

— La confiance, ça commence par le ventre ! Sois généreuse avec les récompenses, lui avait-elle conseillé.

Silje tendit la carotte à Zirba et attacha la corde au licou avant de la faire sortir par la barrière. Zirba suivit sans rechigner, marchant tête baissée et donnant quelques petits coups de nez pour avoir encore des carottes.

Silje la fit entrer dans le box et partit chercher la selle et le bridon.

— Tu deviens trop grosse ! se plaignit-elle en jetant un regard soucieux sur le ventre gonflé. Il faut que j'en parle à Arne.

— Elle est de forte corpulence, c'est vrai, mais elle ne devrait pas être ballonnée pour autant, dit-il, et il proposa encore une réduction de fourrage.

Silje changea les indications sur le tableau de la porte du box avant de seller la jument.

Tina l'attendait pour une promenade vers le lac Ostenvann. Silje serra la sous-ventrière au troisième cran, enfourcha Zirba, et emboîta le pas à Tina, qui montait Mayo.

Par habitude Zirba s'arrêta devant le manège. Elle ne connaissait des environs d'Ekely que ce que ses sens lui en avaient appris. Les sentiers, les herbages, les prés, les bois et les collines, elle n'avait fait que les pressentir depuis l'enclos, écoutant, épiant et humant l'air comme pour en prendre possession. Mais jamais encore elle ne les avait explorés.

La porte du manège était ouverte, Kristine y montait Lady à l'entraînement. On l'entendait bien, car, apparemment, quelque chose allait de travers. Silje ne voyait pas quoi. Pourtant, selon Kristine, la jument ne levait pas assez haut les antérieurs au passage de l'obstacle, et pour sa cavalière, il était hors de question de tolérer ce défaut. Quelques brefs coups de cravache, quelques mots sévères mais sans colère déclenchèrent d'abord de vives ruades, puis Lady se mit à danser élégamment autour du manège en levant haut les jambes. Et tous les jours c'était pareil ! À la vérité, c'était plus une querelle d'amoureux qu'un conflit sérieux.

Silje salua sa grand-mère au passage et continua son chemin vers la piste d'obstacles où Zirba s'arrêta de nouveau, promenant son regard sur les haies, les barres, les fossés qui lui étaient si familiers. Elle les connaissait déjà par cœur, de même que les pas qui les séparaient.

Silje avait maintenant une impressionnante technique pour s'adapter à la vitesse et aux impulsions ultrarapides de Zirba sur la piste. Mais leur collaboration n'en était guère une encore...

Le champ d'avoine ondoyait sous le vent et les nuages cotonneux se pressaient, moutonnements coincés entre ciel et terre, en projetant sur l'herbe leurs ombres obscures avant de disparaître derrière le toit de l'écurie.

En contrebas du champ d'avoine, Bendik était occupé à nettoyer le sentier le long du ruisseau. Déracinant arbres et arbustes à l'aide du tracteur, il creusait un fossé d'écoulement, puis, après avoir enlevé les plus grosses pierres, il remblayait le vieux chemin avec la sciure et le crottin séché des écuries.

En apercevant Tina et Silje, il coupa le contact. Mayo le dépassa tranquillement, en grand habitué des tracteurs. Zirba, au contraire, se cabra, fit demi-tour et repartit vers la ferme. Silje essaya la technique qui avait fait ses preuves dans le manège : elle tira vivement sur une rêne pour diriger la jument droit sur le champ d'avoine.

— Non ! s'écria-t-elle, en colère. Il faudra t'y habituer !

Elle donna des jambes et contraignit Zirba à revenir vers le tracteur. La jument, soufflant furieusement, avança par à-coups hésitants, puis finit par oser s'approcher de l'engin et, voyant que rien de dangereux ne se produisait, tourna les oreilles en avant et se mit à l'examiner avec curiosité.

– C'est très bien ! approuva Silje en lui flattant l'encolure. Tu croyais peut-être que tu pouvais lui faire peur, mais ça ne marche pas avec les tracteurs ! Tu sais, ils ne sont pas aussi redoutables que tu l'imagines, alors tu ferais mieux d'utiliser ton énergie à quelque chose de plus utile. Viens, il faut rejoindre Tina et Mayo maintenant.

Elle raccourcit les rênes et lui fit prendre le trot.

Le pont qui enjambait la rivière était constitué de solides rondins, qui grincèrent pourtant de façon inquiétante au passage des chevaux. Mayo le franchit d'abord, puis Zirba. La rivière, large et calme, ressemblait à un miroir sombre où s'écoulait doucement le reflet des frondaisons de la rive, ormes, bouleaux et ronces.

– Tu as vu comme elle s'est fâchée contre le tracteur ?

Silje trottait à côté de Tina.

– C'était comme si elle voulait le menacer ! Mais, à vrai dire, je crois qu'elle avait peur, comme quand elle pince dans son box. On dirait que quelque chose la vexe, alors elle pince, oh ! elle ne mord pas, mais j'espère quand même qu'elle va bientôt perdre cette vilaine habitude. C'est bizarre, elle agit toujours ainsi brusquement, sans cause apparente, et l'instant d'après elle veut des caresses !...

– Tu verras, elle se calmera petit à petit, d'ailleurs, je trouve que ça va mieux. Hier j'ai vu Bendik la faire sauter, c'était magnifique. Elle planait au-dessus des obstacles comme si elle n'avait personne sur le dos.

– C'est bien là le problème. Avec moi, Zirba n'en fait qu'à sa tête ; mais je ne vais pas abandonner, il y a des progrès depuis que j'utilise le triple mors.

À cet endroit, le sentier était bordé d'un bosquet d'ormes et de bouleaux et d'un champ d'avoine ondoyant ; une bande de corbeaux battaient bruyamment des ailes et poussaient dans le vent leurs stridents croassements. À l'approche des chevaux, ils s'envolèrent et allèrent se percher sur la cime des arbres. Zirba, effrayée, se jeta de côté.

– Je me demande d'où tu sors ! s'exclama Silje en raccourcissant les rênes. Tu as peur aussi bien des corbeaux que des tracteurs ; on va drôlement s'amuser si tu continues comme ça ! On peut rencontrer n'importe quoi sur le sentier, des renards comme des daims, et même des élans !

Elle disait cela d'une voix enjouée, mais en réalité elle n'était guère rassurée. Heureusement, jamais encore elle n'avait rencontré d'élan par ici, même si certaines fois elle avait aperçu des traces fraîches. Mais alors elle montait Misty, et ni lui ni Mayo n'avaient peur de quoi que ce soit.

— Misty ne te manque pas ? demanda Silje à Tina en la rattrapant.

— Non, pas vraiment.

— Malgré tout ce que vous avez vécu ensemble ?

— Non... Non. Bien sûr, on s'était parfaitement entendus dès le premier jour, et ensemble on réussissait presque toujours tout du premier coup... oui, c'est vrai, Misty était un super-ami et un bon cheval de saut. Mais, d'une certaine façon, ça n'a pas été très dur de m'en séparer, parce qu'il n'exigeait pas beaucoup de moi. Ça marchait quasiment tout seul entre nous, et je crois qu'on s'attache davantage à un cheval qui exige beaucoup d'efforts et de peine ; un cheval comme Zirba, quoi ! Je te trouve rudement patiente avec elle. À ta place, je crois bien que j'aurais renoncé.

— Mais c'est un cheval si merveilleux !

— Tu dis ça parce qu'il est à toi. Tout le monde dit ça de son propre cheval.

— Je ne suis pas d'accord. Bendik n'aurait jamais acheté Zirba, ne serait-ce qu'à cause de sa couleur blanche, si elle n'avait pas quelque chose d'exceptionnel !

— Tu as raison. Alors, j'espère que tu réussiras, tu le mérites ! conclut Tina avant de proposer un galop. Je passe devant ! ajouta-t-elle en lançant Mayo.

Zirba baissa les oreilles, refusant d'abord le passage ; puis elle céda à la pression des jambes de Silje, pencha la tête contre le vent, et suivit Mayo au galop groupé.

Silje contrôlait son allure au moyen de ses seules jambes : Zirba obéissait sans broncher, aussi insouciante des bourrasques que des cris des corbeaux, et elle tenait un rythme si régulier que Silje put prendre les rênes d'une seule main.

— C'est bien ! approuva Silje en flattant la jument d'une tape sur l'encolure.

Et elles continuèrent ainsi leur course à travers les virevoltantes feuilles d'automne.

Le sentier tournait au bout du champ pour rejoindre la route forestière. Silje relâcha les rênes. Les deux chevaux, crinières et queues flottantes, filaient côte à côte sous le couvert des arbres. Au bout d'un moment, ils prirent le pas allongé, la route était plus étroite et la forêt plus dense. Le ciel ne formait qu'une tache bleue au-dessus des sapins. L'humus était vert et humide, il n'y avait plus un bruit. Même le souffle du vent était devenu imperceptible. Silje ôta ses pieds des étriers, se pencha en arrière, et laissa vagabonder son esprit dans le silence tandis qu'elle humait le parfum de la forêt, où se confondaient les odeurs de mousse et d'aiguilles de pin.

« Pour l'hiver je te trouverai un grelot, songea-t-elle en rechaussant les étriers. Comme ça on nous entendra venir... »

Elle caressa la crinière blanche et, s'inclinant en avant, posa sa joue contre la joue chaude et lisse de Zirba.

Zirba était au pas, juste derrière Mayo. De temps à autre, elle plongeait le nez dans l'herbe du bas-côté. Soudain, elle s'arrêta net, aux aguets, complètement immobile, crispée comme si elle flairait un danger. Puis, levant la tête, elle dressa les oreilles en direction de l'invisible menace. Lointaine ou proche ?

Silje rassembla les rênes et donna des jambes. Zirba ne bougea pas. Comme clouée au sol, elle souffla bruyamment.

L'angoisse envahit Silje : et si c'était un élan ?

Les yeux fixés sur l'obscurité du sous-bois, elle essaya de distinguer des contours autres que ceux des racines ou des troncs, mais n'aperçut que des ombres foncées qui se fondaient en un noir dense susceptible de dissimuler n'importe quoi ; même le plus dangereux des élans qui attendait peut-être le meilleur moment pour bondir dans leur direction, ses bois relevés pour attaquer !

Silje usa de la cravache, donna des jambes encore et encore, raccourcit davantage les rênes, et Zirba finit par céder ; de mauvais gré, certes, mais enfin, elle céda. Tremblant de tout son corps, elle avança lentement, levant haut les pieds à chaque pas.

Elles rejoignirent Tina.

— Tu crois que c'est un élan? s'inquiéta Silje.

En même temps elle se fit plus lourde sur la selle pour ne pas faire sentir à Zirba qu'elle était aussi tendue qu'elle, et relâcha un peu les rênes, tout en s'agrippant à la crinière.

— Non, je ne crois pas, répondit Tina. C'est trop tôt dans la saison. D'ailleurs Mayo est très calme...

— Oui, mais il l'est toujours, objecta Silje. Il

n'a peur de rien, il n'est pas comme Zirba. Je sais comment elle se comporte quand elle est effrayée, et c'est justement ce que je voudrais éviter en ce moment.

Elle n'avait pas fini sa phrase que Zirba se jeta brusquement de l'autre côté de la route où elle resta figée, jambes écartées, tout le corps vibrant de frayeur.

Une seconde plus tard elles virent l'élan. Il s'élança au-devant d'elles dans un bruit fracassant. Zirba se cabra, fit demi-tour, lança une ruade et partit au grand galop. Ses sabots martelaient le macadam.

Silje s'efforça en vain de la retenir, tirant de toutes ses forces sur les rênes et serrant les jambes, mais Zirba avait pris le mors aux dents et fonçait droit devant elle. Silje se cramponnait à la crinière, comme elle l'avait fait à maintes reprises dans le manège. Cependant, la situation présente était beaucoup plus périlleuse : à tout instant pouvaient survenir des voitures ou des promeneurs, et dans ce cas, comment être sûre que Zirba parviendrait à les éviter sans dommage pour elle-même ou pour eux, et qu'elle échapperait à la chute ?

Bien sûr, d'habitude elle avait un excellent équilibre et de très bons réflexes, mais elles n'étaient pas sur une piste d'obstacles ! Elles étaient au milieu de la forêt, sur une route passagère.

— Oh, la la ! cria Silje, désespérée.

Si seulement elles pouvaient atteindre sans encombre le sentier le long du champ d'avoine ! Là il n'y aurait pas de voitures... Mais — elle s'en rendit compte en un éclair — il y avait le pont ! Son cœur se mit à battre follement tandis que des points noirs tourbillonnaient devant ses yeux. Zirba fonçait toujours, martelant le sol de ses sabots. Sans même ralentir, elle bifurqua dans le sentier, droit vers le pont.

Terrifiée, Silje envisagea l'inévitable. Elle s'agrippa plus fort à la crinière, se mit debout dans les étriers, se pencha en avant et retint son souffle. Les sabots volaient, volaient. Soudain, le pont disparut sous elles. D'un coup de reins miraculeux, Zirba l'avait franchi d'un seul bond !

Silje, qui s'était allongée sur son cou, revint alors en position d'équilibre, tandis qu'elles poursuivaient leur course folle le long du champ d'avoine.

Juste après le virage, Zirba s'arrêta net, les jambes plantées dans le mélange de sciure et de crottin séché qui monta autour d'elles en un grand nuage de poussière. Elle était ramassée sur ses jambes de devant, figée comme une statue, les muscles immobiles et tendus.

Benne levée, le tracteur s'apprêtait à attaquer de nouvelles racines.

— Du calme, du calme ! murmura Silje, qui s'efforçait de reprendre son souffle.

Sa bouche était sèche et sa chemise trempée de sueur.

— Du calme ! répéta-t-elle en caressant l'encolure de Zirba. Tu sais bien que le tracteur n'est pas dangereux. Dès que Bendik nous verra, il arrêtera le moteur.

C'est ce qu'il fit en effet. Puis il descendit et demanda ce qui s'était passé.

Silje expliqua qu'elles s'étaient trouvées nez à nez avec un élan :

— Zirba s'est affolée, et elle s'est enfuie au grand galop. Elle en a même sauté par-dessus le pont ! Je n'en peux plus. Je veux rentrer à la maison.

Bendik fit non de la tête.

— Il faut que tu y retournes, sinon tu auras des problèmes ; chaque fois que tu repasseras à cet endroit, à tout instant Zirba s'imaginera des dangers et elle se sauvera de nouveau. Tu ne peux pas accepter ça...

— Mais les élans sont dangereux, se défendit Silje.

Elle avait lu dans le journal qu'un élan avait percé le poumon d'un homme et cassé trois côtes à un autre. Ensuite il avait poursuivi jusque chez lui le troisième qui avait juste eu le temps de claquer la porte. Pas question d'y retourner !

— Oui, d'accord, il arrive qu'un élan attaque, admit Bendik, mais jamais quelqu'un à cheval, car ton odeur est dominée par celle de ta monture, et les élans n'attaquent pas les chevaux. Tu peux en être certaine. Tu dois y retourner avec Zirba, et le lui faire comprendre à elle aussi.

— Et si elle recommence à paniquer ?

— Elle ne le fera pas, l'élan est parti depuis longtemps ; il n'a pas plus envie que toi d'une autre rencontre. Allez-y, dit-il en donnant une tape amicale sur le mollet de Silje. Je vous attendrai ici.

Zirba ne paraissait pas affaiblie par sa course. Elle trottait allégrement, d'un pas presque aérien. Bien sûr, elle avait le corps fumant de sueur, mais ses mouvements étaient rapides et légers.

L'odeur de l'eau la mena jusqu'au ruisseau.

— Tu as soif ? interrogea Silje.

Zirba resta juste au bord afin de ne pas se mouiller les pattes, tendit le cou et flaira prudemment la surface ardoisée, exactement comme si elle n'avait jamais vu de ruisseau. Il lui fallut tout un moment pour s'assurer qu'il n'y avait pas de danger. L'eau coulait lentement vers le pont. De temps en temps, le courant entraînait une branche que Zirba suivait d'un œil intéressé. Elle finit par mobiliser tout son courage et se mit à boire. Puis elle tourna la tête et regarda Silje, le nez encore dégoulinant de gouttes d'eau.

Silje avait soif, elle aussi, et elle aurait volontiers fait comme Zirba, mais elle savait que Bendik les attendait et pouvait s'inquiéter si elles s'attardaient. Elle donna des jambes et sentit le corps puissant de la jument s'ébranler pour revenir sur le sentier à travers les buissons.

Au moment d'emprunter le pont, l'angoisse envahit Silje, une angoisse qu'elle ne parvenait pas à chasser malgré l'allure tout à fait calme de Zirba et son intérêt plein de curiosité pour le paysage alentour.

« J'espère que Bendik a raison, se dit Silje, j'espère que l'élan ne percevra pas mon odeur. Bendik est expert en chevaux, il en connaît sans doute un rayon sur les élans aussi, sinon il n'aurait pas insisté pour que j'y retourne. Il doit être sûr que tout ira bien. »

Quoi qu'il en soit, elle était rongée par le doute. Elle respira profondément et mit Zirba au trot raccourci.

Elles venaient juste d'aborder la route forestière quand Tina arriva en sens inverse.
— Ça va ? demanda-t-elle avec inquiétude.
J'ai eu une belle frousse lorsque vous avez
détalé, je n'ai jamais vu une vitesse
pareille.
— Ça peut aller, répondit Silje, qui raconta
comment elles avaient franchi le pont.
Zirba a sauté carrément par-dessus, mais
tu te rends compte si elle avait sauté trop
court ! Les planches auraient craqué !...
J'en ai mal au ventre rien que d'y penser.
Si je n'avais pas rencontré Bendik, je ne
serais jamais revenue sur mes pas, mais il
bloquait le chemin avec le tracteur, d'ailleurs ça a fait piler Zirba. Si tu l'avais vue,
la pauvre, coincée entre le tracteur et
l'élan, paralysée par la peur !
— Oui. Pourtant ce n'est pas la peur elle-
même qui est dangereuse, mais ce qui la
provoque. Seulement pour que Zirba le
comprenne, il faut qu'elle ait le courage
d'y retourner. Je vais t'accompagner.
Elles avancèrent sur la route au trot, côte
à côte. Parvenue à l'endroit critique, Zirba
commença à s'agiter, tira sur les rênes, et,
naseaux grands ouverts, prit le vent. Silje
s'efforça de peser plus lourd sur la selle.
— Du calme, dit-elle.
Elle flatta Zirba, et, tout en laissant une

main dans sa crinière au cas où..., elle l'encouragea.

Zirba progressait par à-coups en levant très haut les pieds, comme si elle voulait à tout prix éviter de marcher sur les traces fraîches de l'élan, et ainsi échapper à tout ce qui pourrait représenter une menace. À plusieurs reprises, elle traversa la route avec humeur, chaque fois encensant et soufflant de côté et d'autre.

Puis brusquement elle se détendit, et baissa la tête pour happer quelques brins d'herbe. Peu après, le long du fossé, à côté de Mayo, elle broutait tranquillement, comme si elle avait oublié ce qui l'avait effrayée auparavant.

— Tu as vu comment ça s'est bien passé ? dit Tina, qui fit volter Mayo. C'était drôlement important d'y retourner.

Silje hocha la tête, elle savait que Tina avait raison, et Bendik aussi. Ils se ressemblaient, aussi intrépides et déterminés l'un que l'autre. Ils avaient d'ailleurs les mêmes yeux bleus limpides et le même regard franc ; et Tina avait hérité même des fossettes de son père.

— Oui, tu as raison, admit Silje. Mais heureusement que tu étais là ! Bendik voulait que j'y aille, mais je ne crois pas que je l'aurais fait sans toi.

5

Il avait plu toute la nuit, et Silje piétinait dans l'herbe mouillée en se disant
qu'elle aurait été mieux au fond de son lit.
Elle s'était levée sans en avoir envie, luttant
contre le désir de rester cachée sous la
couette et d'oublier qu'on était samedi.
Samedi : le jour où elle était seule responsable du fourrage et du nettoyage.

Tout le monde dormait, rien n'était
allumé, ni dans la maison ni dans les
autres bâtiments. Arne n'était pas là, c'était
son jour de congé. Silje avait donc tout à
faire. Elle se dépêcha de se rendre à
l'écurie où l'odeur d'ammoniac la prit à la
gorge. Pas de doute, il fallait évacuer le
fumier et aérer.

Les chevaux dormaient eux aussi, couchés les uns sur le côté avec les jambes allongées, les autres sur le ventre, jambes repliées. Quelques-uns hennirent lorsque Silje entra, mais ils ne s'éveillèrent vraiment qu'au moment où elle poussa les balles de foin par la trappe du grenier. D'un bond ils furent debout, grattant impatiemment le sol de leurs sabots. Mais le vacarme cessa progressivement à mesure qu'elle remplissait leurs mangeoires. Bientôt elle n'entendit plus que le bruit monotone des mâchoires.

Silje pénétra dans le box de Zirba, lui donna une carotte et lui expliqua qu'elles allaient s'entraîner avec Bendik dès qu'elle aurait fini de retourner les litières des juments, dans la vieille écurie.

— Si ça se passe bien aujourd'hui, je vais nous inscrire au concours du club, dit-elle d'un ton enjoué, puis elle quitta Zirba sur une caresse et partit voir Lucky et son poulain.

Silje l'avait vu naître, ce poulain, et pourtant Lucky s'était cachée dans le pré aux moutons pour mettre bas toute seule. Comme Silje ne l'avait pas aperçue de toute la journée au trou d'eau, elle était partie à sa recherche et elle l'avait découverte à l'abri d'une hauteur boisée, couchée sur le côté, la tête presque enfoncée dans le sol. Silje avait aussitôt ralenti le pas pour ne pas l'effrayer et elle lui avait parlé tout doucement avant de s'agenouiller près d'elle. Lucky avait poussé un hennissement de reconnaissance, mais ses grands yeux trahissaient son effroi. Elle avait soulevé la tête en soupirant profondément, tandis que son corps était secoué par un violent spasme, et quelques instants plus tard le poulain était né. Cela n'avait pris que quelques minutes.

Silje, admirative et stupéfaite, avait regardé de tous ses yeux le petit poulain bai qui essayait de sortir de la poche fœtale. Péniblement, Lucky s'était remise debout, avait fait quelques pas vers lui, et avait ouvert la poche d'un coup de dents. Puis elle avait commencé à le lécher. Il n'arrivait pas à relever sa tête disproportionnée, et tremblait de tous ses membres. Rapidement, pourtant, il avait essayé de se redresser, en poussant des gémissements plaintifs, et avait finalement réussi, non sans mal, à se tenir sur ses pattes grêles. Silje avait pensé à l'aider, mais elle s'en garda bien, sachant que si Lucky s'était isolée pour mettre bas, c'était justement afin qu'on ne la dérange pas. Au bout d'un moment, la jument avait cessé de lécher le poulain et, se retournant, lui avait présenté le flanc. Quand le petit avait pris la mamelle, sa mère avait posé doucement la tête sur son dos pour le protéger, dans un geste maternel si touchant que Silje s'était sentie au bord des larmes.

Ce matin-là, le poulain prit peur à la vue de la fourche à fumier. Il se serra contre sa mère, observant Silje d'un air inquiet tandis qu'elle ôtait la sciure humide et la remplaçait par de la sèche.

Lucky, quant à elle, était la pensionnaire la plus méticuleuse de l'écurie. Chaque matin, et toujours dans le même coin, on trouvait son petit tas de crottin caché sous une couche de sciure. Lucky suivit la fourche de Silje d'un œil attentif, comme pour s'assurer qu'elle allait bien nettoyer toutes les saletés. Puis elle renifla la sciure propre, souffla une fois, et donna un petit coup de nez à Silje en guise de remerciement.

Autrefois, Lucky était un cheval de course ; mais une blessure au jarret droit avait mis un terme à sa carrière. Quand Kristine l'avait achetée pour en faire un cheval d'obstacles, la jument avait tout à apprendre de cette discipline. C'était justement ce qui avait plu à Kristine, car elle avait toujours aimé débourrer et entraîner ses chevaux.

Mayo, lui, était logé dans le box voisin. Fils de Fearless, il lui ressemblait trait pour trait : haut sur pattes, beau et élégant avec sa robe noire et son front marqué d'une étoile blanche. Fearless, l'amie fidèle de Bendik pendant la moitié de sa vie, était morte l'été dernier. Bendik l'avait trouvée gisant dans le pré aux moutons. Il avait dit alors qu'il fallait avoir la même attitude, face à la mort que les animaux : l'accepter comme quelque chose de naturel et l'oublier vite. Mais on avait bien vu qu'il avait pleuré et qu'il aurait beaucoup de mal à effacer Fearless de sa mémoire.

Restait Silva, au fond de la vieille écurie. Elle occupait le box le plus vaste, et c'était la raison pour laquelle on y installait souvent les juments prêtes à mettre bas, ou les chevaux malades, qui avaient besoin de place.

Silva était une fougueuse jument pommelée, à laquelle un peu de sang arabe donnait un sacré tempérament, et pas seulement sur la piste d'obstacles, hélas ! car, à la vue de Silje, elle baissa la tête et découvrit les dents à son adresse.

— Veux-tu ! la réprimanda Silje, en lui tapant sur les naseaux.

Puis la jeune fille, tout en lui recommandant de mieux se conduire, s'employa à remplir la brouette de crottin et de sciure souillée.

La pluie avait repris lorsque Silje, montant Zirba, entra dans le manège pour y effectuer quelques tours d'échauffement.
— Fais en sorte qu'elle soit bien en équilibre avant d'attaquer l'obstacle ! lui recommanda Bendik. Zirba doit avoir la bonne allure jusqu'au dernier pas avant l'obstacle. De cette façon, si le pas est un peu court, elle aura le temps de le rectifier, et s'il est trop long, tu dois relâcher les rênes et donner des jambes.

Silje se concentra car elle avait vu que le dernier pas était long ; elle appuya donc plus fort et relâcha les rênes. Zirba accéléra après l'obstacle et fonça vers le mur. La voix de Bendik résonna dans le manège :
— Arrête-la ! Il faut que tu la rassembles tout de suite ! Pas question de la laisser courir comme une folle... Si tu lui fais faire une volte juste après l'obstacle, tu arriveras à la contrôler, et tu pourras recommencer.

Zirba parut perturbée en attaquant l'obstacle suivant.
— Tu tires trop sur le mors ; si elle a mal à

la bouche, elle s'énervera davantage. Accompagne son avancée, ne reste pas en arrière.

Silje fit de son mieux pour mettre en pratique les conseils de Bendik. Elle pensait rythme, comptait les pas, utilisait ses jambes et sentait Zirba se rassembler sous son poids. Baissant la croupe, la jument entama un galop à la fois plus court et plus puissant. Silje retrouva sa confiance. Elle comprit que le dernier pas serait encore long, elle donna donc des jambes, relâcha les rênes et se mit debout dans les étriers en même temps que Zirba les emportait toutes les deux au-dessus de l'obstacle.

— C'est mieux, mais il faut que tu reprennes le contrôle immédiatement après ; il ne faut pas qu'elle continue sur sa lancée. Fais lui faire une volte et recommence.

Ils continuèrent ainsi pendant plus d'une heure avant que Bendik ne permît à Zirba de marcher au pas.

— Tu vois comme elle fonce malgré le triple mors, se plaignit Silje en s'essuyant le front du revers de la main. Ses cheveux semblaient collés à la bombe.

— Oui, je vois, dit Bendik, mais vous pouvez y arriver si vous voulez.

— Vous ?

— Oui, tu forces trop sur les rênes et comme elle est vive tu crains trop d'utiliser les jambes. Mais ne te tracasse pas, ça viendra, la consola-t-il en ouvrant la porte.

Tina les attendait dehors ; elle partait en promenade avec Mayo et voulait que Silje vienne avec elle.

— Non, je n'en peux plus, je suis épuisée, avoua celle-ci. D'ailleurs je n'ai pas encore nettoyé le box ni donné son fourrage à Zirba. Je vais juste faire le tour de l'enclos au pas, tu ne m'en veux pas ?

Tina comprit. Elle aussi avait été responsable de Misty autrefois. À cette époque Silje l'avait souvent aidée à s'occuper du poney, mais sans vraiment se rendre compte de tout ce que cela impliquait.

— On ira ensemble plus tard, répondit Tina qui partit vers l'écurie en courant.

Comme Silje passait devant le parcours d'obstacles, Zirba s'attarda à regarder les fossés.

— Allez ! l'exhorta Silje.

Zirba avança à contrecœur. Elle n'avait pas du tout envie de faire le tour de l'enclos, elle voulait rentrer, c'était plus qu'évident, retrouver son box et son fourrage ; et Silje souhaitait rentrer, elle aussi... pour dormir. En vérité, elle avait des maths à terminer et il ne serait pas raisonnable de

participer au concours du club le lendemain, mais Bendik avait expliqué que l'expérience leur ferait du bien. Zirba irait
vite, mais selon lui moins vite que d'habitude puisqu'elle ne connaîtrait pas le parcours.

— Vous êtes sûres d'y apprendre quelque
chose, avait-il dit en prenant la décision de
les inscrire.

Silje revint à l'écurie. Elle enleva la
bride et donna un sucre à Zirba avant de
la ramener dans son box, et la félicita :

— Tu as été très bien aujourd'hui.

C'est alors qu'elle vit, à sa grande surprise, que le box était tout propre. Bouche
bée elle considéra la sciure sèche.

« Tina, se dit-elle avec émotion, les joues
rouges de gratitude. Gentille Tina ! »

Elle se dépêcha vers l'ancienne écurie,
mais le box de Mayo était vide. C'était du
Tina tout craché, ça ! Elle était partie avant
que Silje ne puisse la remercier. Elle avait
juste voulu lui faire une bonne surprise.
Dire qu'elle avait même ôté la vieille sciure
durcie ! Elle avait dû mettre les bouchées
doubles pour finir avant son retour.
Comme sa cousine était prévenante ! Silje
en eut des larmes aux yeux. Toutes ces
années, Tina avait été pour elle une vraie
grande sœur : pendant les concours elle

l'avait consolée quand il le fallait, elle l'avait encouragée et flattée quand tout allait bien. Bendik lui avait certes appris à monter, mais c'était avec Tina qu'elle s'était entraînée.

Silje retourna vers Zirba pour la brosser, mais lorsqu'elle lui posa la main sur les reins pour avoir un meilleur appui, elle faillit se faire mordre.

Silje sursauta.

— Bon sang, qu'est-ce qui te prend ? dit-elle en colère. (Elle se reprit aussitôt :) Tu as mal au dos, peut-être ?

Elle reposa doucement la main au même endroit qu'elle massa lentement en veillant à rester hors de portée des dents de la jument.

Aux aguets, Zirba, qui suivait chacun de ses mouvements, finit par se calmer ; et lorsque Silje lui mit sa couverture puis sortit du box, elle mangea de bon appétit sans même lever la tête.

Silje se souvint qu'elle avait un sachet de fruits confits dans sa table de nuit ; elle y attacha une faveur bleue et alla l'accrocher au box de Mayo. Tina comprendrait.

Bendik ne s'était pas trompé, Zirba fonça aux deux tours du concours. Elle fila comme une flèche au coup de sifflet du juge et Silje n'eut même pas le temps de rassembler les rênes avant le premier obstacle. Les sabots de la jument fendaient l'air loin au-dessus des barres et partaient aussitôt à l'attaque de l'obstacle suivant. Les virages étaient si serrés que le chronométreur, le juge et le public étaient pris dans un même tourbillon, et, mis à part le fait qu'elle dirigeait Zirba vers le bon obstacle, Silje n'avait pas son mot à dire, c'était Zirba qui décidait de tout. Lorsque la jument vola par-dessus le dernier obstacle et finit son parcours au galop, Silje éprouva un sentiment d'échec et de déception amère.

Dans l'écurie, tout le monde s'affairait : on brossait et nettoyait les chevaux, on les flattait ou on les grondait. Il y avait des selles et des couvertures sur des tréteaux, des sacs de pommes par terre et des brides pendues aux crochets devant les boxes.

Molly, dressant la tête par-dessus la porte entrouverte, semblait très intéressée par tout ce remue-ménage, mais elle baissa les oreilles lorsque Silje passa devant elle avec Zirba, puis elle découvrit les dents en essayant de mordre.

Effrayée, Zirba évita l'attaque de justesse. Silje serra les rênes et la calma d'une caresse.

— Doucement, doucement, dit-elle tout en tapant sur le nez de Molly de toutes ses forces. Tu es folle, ou quoi ?

Elle claqua la porte de son box et contempla la mèche noire qui cachait à moitié le regard fuyant de la jument baie. Molly était particulièrement vigoureuse, avec des sabots puissants et une tête large. Elle était très rapide, la plus rapide des chevaux du club, mais, à part ses jambes qui étaient parfaites, elle n'avait rien de racé.

— Certains comportements ne sont pas admis, ni ici ni dans les enclos, reprit Silje fermement, et elle sentit son sang se glacer au souvenir du sort de l'autre cheval blanc.

Elle s'appuya contre Zirba comme pour se réchauffer avant de la mener vers son box.

— Tu as gagné (Silje lui montra le soyeux ruban bleu, blanc, rouge). J'aurais aimé partager ton triomphe lorsque tu as franchi le dernier obstacle ; mais je n'ai pas pu, je savais trop bien que tu te moquais pas mal de m'avoir sur le dos ou non. Il n'y avait pas de connivence entre nous deux.

Tina était ravie de son quatrième prix.

— J'ai maîtrisé Mayo tout le temps, dit-elle, joyeuse, et c'est ce qui compte vraiment.

— Hélas, je ne peux pas en dire autant, Zirba n'en fait qu'à sa tête.

— Si tu avais pu te voir dans les virages ! C'était formidable. Je me demande comment tu t'es débrouillée pour ne pas tomber ! Quelle puissance ! Un véritable ouragan !

— Tu crois ? Et pourtant, elle ne mange presque rien. D'ailleurs, elle ne maigrit pas, c'est plutôt le contraire. Regarde son ventre !

Tina hocha la tête.

— Elle n'est pas du genre mince, en effet, mais elle n'a pas l'air d'en souffrir.

— Je ne sais pas... (Silje caressa le cou de Zirba.) Il y a quand même quelque chose qui cloche ; je n'arrive pas à trouver quoi, mais je sens bien qu'il y a un problème. Ce n'est pas seulement son indépendance obstinée sur le parcours d'obstacles ; il y a quelque chose, même pendant les promenades. Elle est toujours effrayée d'un rien, le moindre bruit l'inquiète et elle fonce tout droit. On dirait qu'elle croit qu'il y a un élan ou un tracteur derrière chaque virage ; c'est fatigant à la longue. Je me demande parfois comment je peux la supporter avec un caractère aussi rebelle ! Mais en même temps elle sait être douce — comme en ce moment par exemple.

Silje sourit avec tendresse, et posa sa main sur la nuque fière et puissante de sa jument blanche.

6

L'hiver arriva. Les flaques d'eau commencèrent à se couvrir de glace. Et Janne et Anders cessèrent de sortir ensemble... Il était devenu l'entraîneur de l'équipe de hockey sur glace, et une séance de jogging, un vendredi soir, avait précipité la rupture.

— Je ne le voyais plus que de dos ou en coup de vent, alors autant en finir ! précisa Janne en se recroquevillant sur le canapé de sa chambre. Au fait, j'ai vu Marius dans le bus hier ; il m'a dit de te dire bonjour. C'était l'heure de pointe et on est restés serrés l'un contre l'autre, comme deux sardines, pendant tout le trajet. On n'a pas pu beaucoup bavarder, mais il m'a dit ça, de te dire bonjour de sa part.

La voix de Silje se fit soudain bizarrement faible.

— Est-ce qu'il a ajouté quelque chose ? fit-elle, un peu tendue, tandis que, toute à son rêve, elle s'imaginait elle-même, debout, pressée par la foule du bus, et se laissant aller contre lui à chaque tournant, sans résistance... Non, elle n'aurait pas osé. Aurait-elle seulement osé lui adresser la parole ? Non plus, sans doute. Elle se serait cramponnée à la poignée du plafond sans prononcer un mot. Elle avait toujours su parler à son frère, Morten, mais ce n'était pas pareil puisqu'ils étaient dans la même classe. Avec Marius, tout était différent... pourtant Silje était incapable de comprendre pourquoi.

— Il m'a dit qu'il ne t'avait pas vue depuis longtemps, alors j'ai expliqué que tu t'occupais de Zirba tout le temps.

— Ce n'est pas vrai !

— Ah bon ? Qu'est-ce que tu fais d'autre ?

— Je suis ici, par exemple.

— C'est parce qu'on a un contrôle de maths demain !

— Pas seulement... Je viens ici aussi souvent que je peux ! (Silje poussa un profond soupir.) J'ai l'impression de ne jamais arrêter. J'aide Arne au fourrage tous les matins ; je me lève à cinq heures et demie pour avoir fini avant le début des cours. C'est que j'ai besoin d'argent ! D'abord parce que c'est bientôt Noël, et puis surtout parce que je paie la moitié de la pension de Zirba...

— Tu vas être complètement crevée un de ces jours. Au fait, comment va Zirba ? Est-ce qu'elle est toujours aussi grosse ?

— Je crois qu'elle va avoir un poulain.

Elle avait enfin laissé la pensée lui échapper.

— Tu crois ? (Janne ne savait plus quoi dire.)

Silje hocha la tête.

— Elle commence à refuser les obstacles et elle n'aime pas que je lui touche le flanc. Ça a l'air de lui faire mal.

— En as-tu parlé à Bendik ?

— Du poulain ? Non, il est au Danemark.

— Pour trouver d'autres juments pleines !

— Ne plaisante pas, Janne. Si j'ai raison, c'est plutôt grave.

— Mais tu vas quand même le prévenir ?

— Bien sûr, dès qu'il rentrera ; dans quatre jours.

Elles se turent un moment, puis Janne mit un disque d'Elton John.

— Tu viens au disco à l'école de Berg, demain soir ? Ou bien est-ce que tu as un entraînement d'obstacles ?

Silje en avait un, en effet, mais elle n'hésita pas.

— Tant pis, dit-elle. Demain je vais avec toi.

Tout de suite Silje le reconnut, debout sur la scène, entouré de filles, en train de disposer les haut-parleurs... Entouré de filles !

Silje sirotait un Coca. Elle l'entrevoyait par éclairs, tantôt rouges, tantôt jaunes ou verts au rythme des spots qui balayaient les murs de leurs faisceaux colorés. Elle prenait garde de se tenir hors de leur portée, un peu comme lorsqu'elle était à la fenêtre de Janne et qu'elle regardait sans être vue. Mais en vérité, elle aurait aimé qu'il la voie... Sinon, à quoi bon être venue ?

Janne voulait danser ; Silje posa son Coca sur la table et la suivit sur la piste. Son corps se détendit au rythme de la musique et, tout en dansant, elle s'arrangea pour s'approcher de lui.

Soudain il fut juste devant elle.

— Salut !

Elle répondit, tout en continuant à se balancer :

— Salut !

Elle avait exactement l'impression d'être dans le bus qui filait, à l'heure de pointe... Rouge... Jaune... Vert. Elle ferma les yeux, et la sensation se fit plus précise encore :

82

les poignées invisibles du plafond les maintenaient à juste distance l'un de l'autre. Pas trop près ; mais pas trop loin non plus.

Quand la musique s'arrêta, Marius n'était plus là et Silje ne l'aperçut à nouveau qu'au moment de partir. Il était avec une fille blonde. Il la tenait par les épaules, et ils disparurent ensemble dans la nuit noire.

Ce soir-là, Silje traversa le pré aux moutons toute seule, en se dépêchant, et, emmitouflée dans sa veste, elle pensa à Marius. En réalité, il ne lui avait rien promis du tout ; il avait juste dit à Janne de la saluer, puisqu'il ne l'avait pas vue depuis longtemps. Et quand elle songeait à toutes les filles qu'il avait l'occasion de rencontrer chaque jour, il n'y avait rien d'étonnant à ce qu'il en raccompagne une chez elle.

Elle n'aurait pas dû venir ; elle aurait dû rester s'entraîner avec Zirba. Peut-être Zirba se serait-elle montrée docile tout le temps... Peut-être auraient-elles trouvé le juste équilibre. Ou peut-être se serait-il produit précisément le contraire... Peut-être Zirba aurait-elle refusé net les obstacles ! À cause du poulain qu'elle attendait. Et ce poulain, elle l'attendait déjà avant son arrivée à la ferme, et personne ne s'en était rendu compte... Même pas elle, Silje, qui avait réduit sa ration de fourrage et lui avait donné des coups de cravache... Zirba, pleine ! À combien de mois en était-elle ? Et dire qu'elle, Silje, l'avait crue gonflée de foin !... et qu'elle le croirait encore si Zirba n'avait pas commencé à refuser de sauter les obstacles ! C'est là qu'elle avait compris ; c'est là qu'elle s'était dit qu'il y avait un problème. Et pas un petit problème !

7

Bendik appela le vétérinaire le jour même de son retour du Danemark.

Zirba avait l'arrière-train tourné vers le couloir de l'écurie tandis que le vétérinaire se préparait. Il enfila ses gants en caoutchouc et lui souleva la queue. Zirba baissa les oreilles au moment où il enfonça le bras.

— Doux, tout doux !

Silje tenait la bride et caressait le cou de la jument pendant que le vétérinaire remuait son bras dans le ventre de la pauvre Zirba.

Silje avait le sentiment que ça n'allait jamais finir, mais lorsqu'il enleva ses gants il ne put que confirmer que la jument attendait un poulain.

— Quand est-elle allée aux herbages pour la dernière fois ? demanda-t-il.

Bendik ne le savait pas ; un coup de téléphone au Danemark lui apprit que c'était en août.

— Mais il n'y avait que des hongres*, ajouta-t-il.

— Août, septembre, octobre, novembre, décembre, compta le vétérinaire sur ses doigts. Cinq mois environ... Et ce n'est pas un hongre qui a fait ça !

— Ils m'ont dit qu'il y avait un étalon fou à la ferme voisine, dit Bendik, mais il n'avait jamais encore sailli une de leurs juments !

— Il faut un commencement à tout, et s'il est suffisamment fou, ils ne sont pas au bout de leurs surprises !

Des pensées confuses virevoltaient dans l'esprit de Silje. Elle s'appuya contre Zirba et interrogea d'une voix inquiète :

— Que va-t-il lui arriver ?

Bendik réfléchit avant de répondre :

— Tu sais, ce n'est pas une décision facile à prendre, il faut qu'on en discute. Je te téléphonerai ce soir, ajouta-t-il à l'adresse du vétérinaire.

Puis il demanda à Silje de le rejoindre

* Cheval castré.

chez lui lorsqu'elle aurait fini de s'occuper de Zirba.

Tina était partie au cinéma, et Kari, sa mère, était de garde au laboratoire ; Bendik et Silje se retrouvèrent donc seuls dans la cuisine.

— Je n'ai jamais eu une expérience comme celle-ci, commença Bendik en lui faisant signe de s'asseoir, et je n'aime pas ça.

— Pourquoi ne pourrait-elle pas le garder, ce poulain ? Elle a l'âge qu'il faut ! dit Silje avec espoir.

Bendik en convint.

— Mais je ne connais pas l'étalon, et si c'est vrai qu'il est fou, la naissance du poulain ne fera qu'aggraver la situation. Il y a assez de chevaux fous comme ça, sans que nous ayons besoin d'en élever un autre. Et puisqu'il s'agit de Zirba, c'est important que son poulain soit de bonne souche, d'autant plus important qu'elle-même n'est pas un cheval facile, n'est-ce pas ?

— Tu veux dire qu'il faut lui enlever son poulain ? (Le regard de Silje était empreint de crainte.) Ça lui fera sûrement mal ?

Bendik secoua la tête.

— Non, sa grossesse n'est pas très avancée, et les chevaux oublient vite...

Silje sentit une nausée lui monter à la

gorge. Elle la ravala et prit une profonde respiration.

— Je veux être auprès d'elle ! (La gravité et la détermination se lisaient sur son visage.) C'est ma jument, continua-t-elle, en fixant Bendik droit dans les yeux. D'ailleurs, j'étais avec Lucky quand elle a eu son poulain au printemps.

— Un avortement, c'est tout à fait autre chose.

— Je veux y être quand même, Zirba ne comprendra pas ce qui lui arrive, et si elle prend peur ça sera mieux pour elle que je sois là. Même Lucky avait peur, bien qu'elle ait déjà eu des poulains.

Bendik réfléchit un instant.

— Le choix t'appartient, dit-il enfin. Si tu as l'âge d'avoir ton propre cheval, je suppose que tu as aussi l'âge d'être présente.

Le lendemain matin, le vétérinaire fit une piqûre à Zirba pour qu'elle ait des contractions.

— Ça devrait commencer dans quelques heures, je reviendrai plus tard.

Mais les heures s'écoulèrent sans que rien se déclenche. Zirba mangeait comme d'habitude et se laissait docilement promener à la longe dans l'enclos. Quand il vit que rien ne se passait non plus le lendemain, le vétérinaire lui fit une deuxième piqûre. Sans plus de résultat. Il fallut une troisième piqûre. Alors Zirba devint nerveuse, sa respiration se fit haletante et ses grands yeux se remplirent d'effroi.

On l'installa dans le box de Silva, elle y demeura debout, jambes écartées, tête baissée, secouée par de violents tremblements ; les contractions venaient régulièrement. Zirba gémissait, de plus en plus épuisée. Au bout d'un moment, elle se mit à genoux, se renversa sur le côté et resta ainsi couchée dans la sciure.

Un flot de tendresse et de pitié envahit Silje. Elle s'accroupit à côté de la jument, et lui caressa la tête sans cesser de répéter son nom tout doucement.

Zirba, tour à tour, gémissait de fatigue et semblait reprendre vigueur. Son corps frissonnait, comme transi de froid. Silje suivait chaque geste du vétérinaire. Maintenant il était penché au-dessus de Zirba et tirait sur deux petits sabots. Peu après la tête apparut.

– À présent elle fera le reste elle-même, dit-il en s'essuyant le front.

Elle le fit en effet... mais au lieu de l'avorton attendu, elle mit bas un tout petit poulain vivant ! Il n'essaya pas de crever la poche fœtale, mais on voyait distinctement sa tête bouger. Il était plus petit que le poulain de Lucky, son dos était plus court et ses pattes moins longues, mais il lui ressemblait énormément. Sauf les sabots ! Silje n'en croyait pas ses yeux ! Quand elle aperçut les sabots encore sans corne, seulement recouverts d'une sorte de gélatine bleuâtre, elle défaillit : brusquement le monde se mit à vaciller autour d'elle. Tout devint flou.

— Mon Dieu !

C'était la voix du vétérinaire. Il prit le sac en papier qu'il avait préparé, et Silje, qui ne savait que trop bien à quel usage il était destiné, s'allongea en sanglotant sur Zirba pour ne plus rien voir du monde et des hommes.

Bendik lui caressa les cheveux :

— Ma petite Silje (il avait la voix altérée par l'émotion), je reviens dans un instant.

Et il sortit vite du box.

Zirba ne reprit des forces que lentement, au contact du corps de Silje, qui l'imprégnait peu à peu de sa propre chaleur. La jeune fille s'appliquait à la réchauffer de son mieux.

Comment ? Comment est-ce que le vétérinaire avait pu penser à un avortement quand c'était un poulain vivant ? Comment réagirait Zirba ? Chercherait-elle son petit, ou est-ce que son instinct lui dirait qu'il n'y avait rien à chercher ? Heureusement elle ne l'avait pas vu... mais elle avait bien dû sentir qu'elle donnait naissance à un poulain...!

Zirba leva la tête et regarda Silje d'un air mélancolique, puis elle prit appui sur ses antérieurs, et dans un sursaut elle se mit péniblement debout. Son ventre était dégonflé, flasque, et on voyait ses côtes. Silje retint sa respiration lorsque la jument, encore vacillante, commença à marcher dans le box, mais – ouf ! – au lieu de chercher son poulain, elle alla jusqu'à l'auge pour étancher sa soif. Silje s'appuya contre le mur et attendit, sans mot dire, que Zirba se retourne, retrouve son équilibre et revienne lentement vers elle. Zirba fit alors quelque chose qu'elle n'avait fait qu'une seule fois auparavant : elle pencha la tête et, avec un hennissement sourd et presque inaudible, elle posa son nez sur l'épaule de Silje.

Silje saisit la belle tête blanche entre ses deux mains, et, le visage inondé de larmes, elle appuya sa joue contre la bouche veloutée de Zirba.

Bendik arrivait avec la bouillie d'orge que Kristine venait de préparer.

– Tiens ! dit-il en tendant le faitout à Silje, elle va aimer ça.

Silje vida la bouillie dans la mangeoire et Zirba avala goulûment la nourriture.

Bendik avait téléphoné au Danemark, et on lui avait appris que Zirba avait été au pré avec un poney des Shetland au mois d'avril.

– Ils n'ont pas pensé un instant qu'il allait pouvoir la saillir. Moi non plus d'ailleurs. Pourtant il l'a fait. C'est ce qui explique pourquoi le poulain était si petit et que le vétérinaire a supposé qu'elle était encore très loin du terme.

Silje était encore inquiète quant aux réactions futures de Zirba.

– Tu es tout à fait sûr qu'elle n'en souffrira pas ?

– Oui, mais elle doit mener une vie calme pendant quelques jours. Promène-la. De longues promenades à la longe avant de la monter au pas et de recommencer l'entraînement petit à petit. Sois avec elle aussi souvent que possible, et tu verras que ça sera comme un nouveau départ dans vos relations.

Lorsqu'il les laissa seules, Bendik avait de l'espoir dans le regard.

La sciure était mouillée à l'endroit où Zirba avait mis bas ; il y avait aussi, çà et là, quelques taches de sang sombre, et l'air était encore empreint d'une odeur douceâtre, mais sinon, rien ne rappelait plus le poulain.

Silje avait remplacé la sciure mouillée par de la sèche et s'apprêtait à sortir du box. Zirba lui emboîta le pas, mais Silje l'arrêta avec douceur.

— Je ne t'abandonne pas, je t'assure, je vais juste chercher du foin.

Elle repoussa la porte et accrocha la chaîne en coinçant le cadenas entre les barreaux pour que Zirba croie qu'elle était vraiment enfermée.

La jument suivit Silje de ses yeux mi-clos ; son regard était à la fois terne et affectueux. Une joie étrange envahit Silje.

La lumière du couloir éclairait d'un reflet blême le coin de l'écurie où Silje, après avoir arraché une poignée de foin, remplissait une mesure d'avoine.

Zirba se jeta sur le foin avec avidité.

— Tu n'as pas perdu l'appétit à ce que je vois, remarqua Silje en lui versant l'avoine. Je t'en donnerai encore d'autre si tu veux, et je t'emmènerai faire de longues promenades tous les jours. Tu auras le droit d'agir comme il te plaira.

Elle pensa avec remords à toutes les fois où elle avait usé des éperons et de la cravache... Elle n'avait rien compris ! Pourtant elle avait souvent monté des juments pleines. Avec Lucky, Silva et Lady, elle s'était montrée patiente et prévenante, mais pas avec Zirba ! Dire qu'elle l'avait cravachée pour la forcer à franchir des obstacles.

Fermant les yeux, elle revit le pauvre petit poulain qui ressemblait à s'y méprendre à celui de Lucky. Dans sa tête surgissait le souvenir de Lucky jouant avec son poulain. Tous les deux comme liés l'un à l'autre par un fil invisible, le petit suivant chaque mouvement de sa mère. Il se cabrait, ruait et galopait maladroitement à côté d'elle. Quand Lucky s'arrêtait, il se bloquait sur ses longues jambes raides qui glissaient dans l'herbe humide. Lucky l'attendait, puis elle inclinait la tête vers lui tandis qu'il levait la sienne vers elle. Exactement comme le poulain de Zirba aurait dû le faire !

Pauvre Zirba. Elle était seule dans son box, sans personne pour l'entourer. C'était une pensée insupportable, et Silje sentit à quel point son corps souffrait de fatigue. Elle s'y abandonna, se pencha en avant et se cacha le visage dans les mains.

Quand elle rentra de l'écurie, Peter avait préparé son goûter et une tasse de chocolat chaud. Il l'accueillit au seuil de la porte et la prit dans ses bras.

— Ma pauvre chérie ! dit-il en la berçant comme lorsqu'elle était enfant. Bendik m'a fait comprendre que tu voulais être seule, c'est pour ça que je ne suis pas venu te rejoindre.

Silje se libéra tendrement de ses bras.

— C'était si horrible. On t'a dit que le poulain était vivant ?

Elle essuya ses larmes. Peter hocha la tête.

— Oui... et que c'était l'œuvre d'un poney.

— Un poney des Shetland, précisa Silje en se mettant à table dans la cuisine.

Peter lui versa le chocolat et elle se chauffa les mains à la tasse brûlante. Elle avait froid, mais les frissons montaient du plus profond d'elle-même, d'un point douloureux, là, tout près de ce qu'elle avait de plus vulnérable. C'était ce point dans son cœur qui lui brûlait les joues et lui piquait les yeux.

— J'aurais dû m'en rendre compte bien avant, mais je n'ai rien vu.

Peter la considéra gravement, d'un regard affectueux et ferme.

— Personne n'a vu quoi que ce soit. Promets-moi de ne pas te faire de reproches. Tu n'y es pour rien, ce n'est la faute de personne.

Silje hocha la tête. En buvant son cacao, elle sentit la chaleur se poser comme une couverture protectrice sur sa fatigue.

— Je crois que je suis encore plus épuisée que Zirba, soupira-t-elle. Dès qu'elle a eu à manger, elle a paru avoir tout oublié. Mais est-ce qu'elle peut avoir oublié la souffrance ?

Peter hésita un peu.

— Tu sais, les chevaux n'ont pas notre notion du temps ; d'un autre côté ils sont doués d'une fabuleuse mémoire s'ils ont à vivre une situation semblable plus tard. Mais Zirba n'aura pas à subir cela.

Il lui tendit des toasts aux œufs et aux tomates.

Ce n'est qu'en mangeant qu'elle s'aperçut de sa faim ; elle avait passé toute la journée dans l'écurie et n'avait rien avalé depuis le petit déjeuner.

— Je suis contente d'être restée auprès de Zirba.

Silje observa Peter comme pour quêter son approbation, et il la lui donna :

— Zirba ne l'oubliera pas. Tu te souviens comment Lucky a réagi à l'époque, elle te suivait partout.

C'était vrai. Lucky ! un vrai petit chien qui lui obéissait aussi bien que Caro. Lucky qui la guettait tous les soirs près du portail pour avoir sa bouillie d'orge, laissant son poulain jouer tout seul. Le petit courait comme une flèche le long de la barrière, faisait des huits, sautait et attaquait sa propre ombre, comme si la seule chose au monde qui l'intéressait, c'était lui-même. Mais lorsque sa mère enfonçait son nez dans le seau pour engloutir la bouillie, il accourait vers elle, la tête levée, avec des mouvements impatients et maladroits.

— Oui, répondit Silje, songeuse. Mais elle, elle avait son poulain, contrairement à Zirba !

— Zirba t'aura, toi... D'ailleurs maintenant elle deviendra sans doute encore plus dépendante de toi.

Ils demeurèrent tout un moment sans rien dire. Ça faisait du bien de tenir la main de Peter. Sa peau était douce et lisse, presque plus lisse que la sienne. « Des mains de bureaucrate », avait-il l'habitude de dire.

Silje retira sa main et contempla sa tasse de cacao.

— Comment est-ce qu'on tue les poulains ? demanda-t-elle d'une voix à peine perceptible.

Elle avait entendu des histoires horrifiantes à ce sujet, mais n'avait jamais voulu les croire. Pourtant... il fallait qu'elle le sache à présent. Et Peter ne lui avait jamais menti.

Il attendit un peu avant de répondre.

— Avec une piqûre. Il ne sent rien, ne t'inquiète surtout pas pour cela.

Silje poussa un soupir de soulagement.

— Je crois que Zirba a pouliné dans des conditions bien plus difficiles que Lucky.

— Tu ne peux en être certaine. Lucky est peut-être restée longtemps allongée avant que tu ne la trouves.

— Oui, mais elle s'est levée dès que le poulain est né, ce qui n'a pas été le cas de Zirba. D'ailleurs, quand elle s'est mise debout, elle est partie boire sans même chercher son poulain, comme si elle savait... Le pire, c'est ce que j'ai vu dans ses yeux. Et aussi sa façon de tenir la tête... ou plutôt de la laisser pendre.

Un voile de lassitude passa sur le visage de Peter.

— Essaie de ne pas penser au poulain ; Zirba n'y pense pas. Les animaux ne réagissent pas comme nous, ils suivent leurs instincts. À cet instant précis, ce qui importait pour Zirba, c'était d'étancher sa soif. Il ne faut pas que tu songes à autre chose, pour ton propre bien. Tu as besoin de chasser tout cela de ton esprit, et tu as surtout besoin d'une bonne nuit de sommeil. Mais d'abord j'ai quelque chose à te donner.

Il se leva et gagna la pièce voisine.

Silje s'avança jusqu'au seuil de la porte, promenant son regard sur le lit, le bureau et la bibliothèque. La surprise était suspendue au mur, à côté de la cocarde aux couleurs de la Norvège, mais Silje ne la vit qu'au moment où il la décrocha.

— Mon père me l'a offert il y a bien des années, dit-il en lui tendant un grelot.

Petit et rond, il était en cuivre jaune et brillait comme de l'or. Le son était mélodieux, un peu mélancolique.

— C'est à cause du métal qu'il a ce timbre particulier, expliqua Peter, ajoutant qu'il avait été destiné à son chien, un braque, quand il était petit.

— Il me tirait à skis tout l'hiver... Nous avons fait de longues promenades ensemble et j'avais souvent l'impression que c'était le tintement de la clochette qui me poussait en avant. C'était formidable et j'étais convaincu que toute la forêt nous entendait venir.

Silje caressait doucement la clochette en s'avisant que son père s'était peut-être senti bien seul pendant son enfance, puisque tous les autres étaient tellement absorbés par les chevaux. Aussi bien son frère Bendik, que ses parents. Bien qu'Ekely fût une ferme ordinaire à l'époque, ils avaient toujours eu beaucoup de chevaux. C'était peut-être pour cela que Peter avait suivi son propre chemin une fois adulte, et qu'il était devenu chercheur... en physique ! Sans aucun rapport avec l'agriculture et les animaux.

— Merci, merci beaucoup. (Silje embrassa son père.) Voilà longtemps que je souhaitais mettre un grelot à Zirba, je suis contente de savoir que la forêt va entendre de nouveau celui-ci.

Silje ne s'endormit pas tout de suite. Elle éprouvait le poids énorme de la fatigue telle une lourde chape posée sur elle. Elle s'enfonça sous la couette et se laissa entraîner vers les profondeurs du sommeil, mais les mêmes pensées continuaient à tournoyer dans sa tête : que pouvait-elle faire pour Zirba, afin qu'elle soit heureuse et oublie ce qui s'était passé ? Peut-être fallait-il la ramener dans son box, l'éloigner du box de Silva hanté par de mauvais souvenirs ? Bien sûr elle avait mis plein de sciure neuve, mais l'odeur n'était peut-être pas partie ? Était-ce pour cela que Zirba avait voulu la suivre lorsqu'elle était partie chercher le foin et l'avoine ? Silje se tourna sur le côté, et ferma les yeux. Elle avait pris la décision de remettre Zirba dans son box dès le lendemain matin.

Silje se réveilla un peu troublée, elle avait une vague sensation de douleur, comme si quelque chose n'allait pas, et soudain elle se souvint : Zirba ! Elle sauta du lit, s'habilla en vitesse et partit en courant vers l'écurie.

Le ciel était plombé comme un couvercle gris par-dessus les toits des maisons, l'air sentait le gel et les arbres étaient couverts de givre. Silje frissonna et se frictionna en pénétrant dans l'écurie.

— Zirba ! appela-t-elle, impatiente et émue.

La réponse vint immédiatement : un hennissement profond et reconnaissant.

— Tu veux sortir à ce que je comprends.

Zirba s'était avancée contre la porte et grattait le sol avec son sabot. Silje entra et lui caressa le cou.

— Je vais chercher la bride, et te reconduire dans ton box.

Elle raccrocha la chaîne et fila vers la sellerie.

La corde de la sellerie traversait un

anneau de fer fixé au mur, on l'utilisait lorsqu'on ferrait les chevaux. Le cube de bois suspendu à un bout permettait aux chevaux de bouger la tête librement en même temps que la corde restait suffisamment tendue pour qu'ils ne s'y entremêlent pas les pattes s'ils devenaient agités. Zirba n'avait jamais été attachée ainsi, car Silje l'avait accompagnée les deux fois où on l'avait ferrée, elle l'avait tenue par la bride et lui avait parlé doucement. L'idée de devoir attacher Zirba l'inquiétait un peu, mais elle fut soulagée lorsqu'elle vit la jument se laisser faire sans résister.

— Reste ici le temps que je remette Silva dans son box, expliqua-t-elle, en lui donnant une carotte.

À peine était-elle dans la nouvelle écurie qu'elle entendit Zirba s'agiter et taper du pied, tandis que le cube cognait contre l'anneau de fer.

Silje fit demi-tour et s'arrêta, effarée. Zirba tirait sur la corde de toutes ses forces. Presque assise par terre, elle était arc-boutée des quatre fers pour se libérer. Sous ses sabots éclataient des étincelles et son grand corps tremblait de frayeur face à la corde qui le maintenait au mur. Antérieurs écartés, elle bandait tous ses muscles à l'extrême, en ahanant sous l'effort.

Une odeur de brûlé remplissait la sellerie ; la scène était effroyable et ce fut plus l'instinct que la raison qui poussa Silje à s'approcher de Zirba.

— Zirba! cria-t-elle avec effroi avant de prendre le crochet et de le détacher d'un geste rapide.

Zirba hennit de peur, recula brusquement et se tassa contre la porte.

— Zirba ! supplia Silje en tendant la main vers elle.

Mais la jument n'en fit aucun cas. Elle lançait la tête en arrière comme pour s'assurer de sa liberté et se tassait encore plus contre le mur.

Silje s'avança très doucement. Zirba se jeta sur le côté et partit au galop vers l'ancienne écurie, ses sabots tonnant contre le sol. Elle s'arrêta brusquement devant son box, tout son corps fumait et on voyait le blanc de ses yeux effrayés.

Silje lui tendit la main encore une fois. Le morceau de sucre y était bien visible.

— Zirba, répéta-t-elle tandis que la jument penchait la tête et mangeait dans sa main. Maintenant au moins je sais pourquoi tu crains tant pour ta tête ; quelqu'un a dû t'attacher puis partir, en te laissant longtemps ainsi. (Elle lui caressa le nez.) Si j'avais su, jamais je n'aurais agi ainsi.

Puis elle la fit aller et venir dans le couloir en la calmant avec des mots tendres et des morceaux de sucre.

Arne arriva enfin. Silje avait l'impression d'avoir attendu une éternité.

— Que s'est-il passé ici, dit-il d'un air méfiant en reniflant l'odeur de brûlé.

Silje lui raconta.

— C'est ma faute, avoua-t-elle, j'aurais dû attacher Silva, mais je n'y ai pas pensé. Zirba a paniqué et elle a tellement tapé des pieds qu'on voyait virevolter les étincelles. Je n'avais jamais vu une chose pareille ! Mais elle est calme à présent. Peux-tu déplacer Silva ? Nous sommes épuisées toutes les deux. D'ailleurs quelle heure est-il ? J'avais l'impression que tu n'allais jamais venir.

Arne sourit.

— Mais si ! Je viens, sûr et certain, à sept heures sonnantes. Ça a été dur à ce que je vois : ses sabots ont rayé le sol, il y a plein de traces. Pauvre cheval — et pauvre Silje !

Zirba entra vite dans son box, renifla la sciure et mit un nez désapprobateur au-dessus des crottes de Silva dans un coin.

— D'accord, d'accord, je les enlève tout de suite.

Silje prit la fourche à fumier, puis étala de la sciure propre.

— Tu peux te rouler dedans tant que tu veux maintenant, dit-elle, et elle sortit du box.

C'est exactement ce que fit Zirba ; elle s'agenouilla puis se renversa sur le côté, donna un coup de pied, se retrouva sur le dos les quatre fers en l'air avant de se tourner sur l'autre flanc avec un mouvement de l'arrière-train. Elle exécuta la même manœuvre trois fois de suite, se remit debout d'un bond et se secoua dans un nuage de sciure.

Silje brossa la couverture de nuit pour la débarrasser de sa poussière, l'accrocha sur le tréteau et partit prendre le sac à panser.

Zirba savourait son avoine. Silje la brossa longuement. Elle peignit sa crinière et son toupet avec les doigts, lorsqu'elle reçut un coup de nez. Le geste était amical à n'en pas douter, mais si brusque qu'elle faillit perdre l'équilibre.

— Zirba ! dit-elle gentiment en posant sa joue contre la nuque puissante de la jument. Pourvu que je devienne la cavalière dont tu as besoin !

8

Janne vint chez Silje après l'école. C'était la veille des vacances de Noël et on rapportait le carnet de notes au fond de son cartable.

Silje avait eu 10 en maths et en était très contente puisque c'était sa matière faible, mais elle avait eu 10 en histoire et en instruction religieuse aussi. Peter n'allait pas apprécier... Elle posa le cartable sur la caisse de nourriture et chassa ces pensées encombrantes.

Bendik était parti promener les chevaux du club, et l'écurie était vide à part Zirba et Molly qui s'était abîmé le sabot droit. Molly s'ennuyait ; elle était capricieuse et de mauvaise humeur et elle baissa les oreilles lorsque les deux jeunes filles passèrent devant son box.

— Quelle odeur aigre, dit Janne en respirant profondément. De la pisse ! ajouta-t-elle en se pinçant le nez. Tu veux vraiment avoir une ferme et vivre dans cette odeur en permanence ? Je me demande comment tu feras pour la supporter.

— Je n'ai pas l'intention d'avoir un club d'équitation, rétorqua Silje. J'aurai Zirba, bien sûr, mais aussi d'autres animaux, des vaches et des moutons. Des cochons aussi, peut-être. On s'habitue à l'odeur, tu sais.

Janne ne semblait pas en être persuadée ; elle enleva pourtant la main de son nez et suivit Silje vers Zirba.

— Caresse-la si tu veux. (Silje fit une place pour son amie à l'intérieur du box.) Elle n'est pas dangereuse, dit-elle en donnant une carotte à Janne, mais surveille tes doigts.

Janne hésita, puis sourit, toute contente, lorsque Zirba prit la carotte sans même lui effleurer les doigts.

— Dis-moi, questionna-t-elle, pensive, tandis que Zirba lui léchait la paume de la main. Un shetland, c'est bien un cheval miniature ?

Silje hocha la tête.

— Mais comment est-ce qu'il a pu y arriver ?

Silje l'ignorait.

— Même Bendik ne comprend pas. Pourtant il y est parvenu, d'une façon ou d'une autre.

— Il a dû faire ça pendant qu'elle dormait. Pauvre jument ! dit Janne avec pitié.

Silje n'avait plus envie d'en parler, et elle demanda à Janne si elle voulait bien nettoyer le box.

— Enlever le crottin ?

— Oui, et la sciure souillée, dit Silje en lui expliquant où se trouvaient la fourche et la brouette. Pendant ce temps, je préparerai le fourrage pour le retour de Bendik.

Janne se montra étonnamment habile avec la fourche. Elle ôta la semelle trempée sans même se plaindre de l'odeur, et pourtant, même Silje sentait à quel point elle vous arrachait les narines.

— Tu aurais facilement du travail ici pendant les vacances si tu voulais. Tu gagnerais autant qu'à la boulangerie et puis tu finirais plus tôt : c'est Arne qui s'occupe du fourrage le soir.

Janne s'appuya sur la fourche.

— Tu as beau dire qu'on s'habitue à l'odeur, elle ne vaudra jamais celle des viennoiseries et des macarons. Et puis qu'est-ce que tu ferais si je prenais ton boulot ?

— Je prendrais des vacances avec Zirba.

— Tu partirais avec elle ?

Silje rit.

— Non, des vacances ici, à nous promener et à faire plus ample connaissance. C'est ça les vacances. Bon, je vais mener Zirba au paddock pendant que tu finis son box. Tu te débrouilles drôlement bien, mieux que je ne l'aurais cru. C'est assez impressionnant pour une débutante.

En sortant de l'écurie, Zirba leva une patte de derrière, hennit joyeusement et laissa échapper un pet puissant.

— Heureusement que tu as attendu d'être dehors. Maintenant que Janne s'est si bien mise au travail... lança Silje en souriant.

Elle saisit la bride et Zirba la suivit docilement, flairant sa main et guettant l'apparition magique d'un morceau de sucre.

Elles passèrent devant le manège et continuèrent vers le parcours d'obstacles. Le sol était noir et craquelé ; le soleil d'hiver avait fait fondre la friable couche de givre. Le temps était à la gelée, mais la neige se faisait attendre.

Silje ouvrit la barrière du paddock et décrocha la longe.

— Cours ! dit-elle en tapant dans ses mains.

Zirba n'avait pas envie de courir, elle préférait se rouler par terre. Tout de même, au bout d'un moment elle se releva, se secoua vigoureusement et se mit à trotter le long du grillage, le cou baissé et la queue levée.

Silje admirait son pas cadencé et équilibré, malgré son ventre et son dos légèrement creux, Silje ne l'avait jamais vue aussi belle. Soudain la jument s'arrêta, les oreilles dressées, tournant la tête vers l'ouest, vers le ruisseau et les collines boisées, tous ses muscles tendus sous sa robe blanche.

C'était Bendik qui rentrait avec les chevaux du club, Silje percevait le son des grelots dans le lointain. Zirba s'agita, se mit à courir de-ci, de-là au petit trot, et lorsque les chevaux gravirent la butte, elle hennit très fort. Bendik ouvrait la marche avec Silva et ses grelots. C'était un peu étrange de les entendre tinter alors qu'il n'y avait pas de neige, mais c'était Noël et à Ekely la tradition voulait que Silva en porte pour les fêtes. Tina, qui montait Mayo, venait la dernière. Zirba les salua d'un hennissement et Mayo lui répondit de même. On aurait dit deux amis qui s'appelaient et se parlaient à leur façon...

La neige n'arriva que vers la fin janvier, mais elle arriva brusquement et en tempête. L'air devint blanc et le vent fouetta les champs.

Zirba hésita avant de poser les pieds sur cette matière inconnue qui virevoltait autour de ses sabots ; désappointée, elle hennit et regarda Silje avec des yeux frangés de givre.

— Il faudra t'y habituer, déclara Silje fermement. C'est pareil pour tout le monde, tu verras que tu changeras d'idée lorsque le soleil apparaîtra.

Elle serra davantage son écharpe autour de son cou et elles sortirent au pas par le portail.

Caro descendit la butte en courant devant elles, il sautait dans les amas de neige, happait les flocons en aboyant vivement. Zirba s'immobilisa et resta tête baissée à contempler tristement le tourbillon de neige. Les flocons entraient dans ses yeux et l'aveuglaient ; il était clair qu'elle n'avait aucune envie d'avancer. Mais Silje ne renonça pas.

— Tout le monde trouve ce temps affreux le premier jour, dit-elle en tirant sur la longe.

Zirba dut céder. Elle avança par à-coups en levant les jambes très haut.

Le ruisseau était couvert de glace, mais l'eau sombre coulait doucement sous le pont où Zirba et Silje firent une petite halte. La jument en profita pour manger quelques branches sèches, puis elles retournèrent vers Ekely en suivant leurs propres traces, au milieu de la neige tourbillonnante où les bâtiments de la ferme semblaient se fondre. Le vent devint plus fort. Caro courait sous le ventre de Zirba, s'affairant pour s'abriter, mais lorsque Zirba arriva en bas de la butte, il fila comme une flèche. Zirba voulut en faire autant et la pauvre Silje, qui s'agrippait à la longe, essaya de la freiner en enfonçant ses talons dans la neige.

— Caro ! cria-t-elle en s'efforçant de reprendre sa respiration.

Heureusement il l'entendit et revint vers elles. Zirba s'arrêta immédiatement.

— À ta place !

Silje fit un signe de la main et Caro obéit.

— C'est bien, vous avez bien réagi tous les deux. (Elle caressa le cou de Zirba.) Nous avons bien réagi tous les trois, continua-t-elle en regardant avec fierté Caro qui marchait docilement à côté d'elle tandis que Zirba montait la butte d'un pas posé.

Elles firent tous les jours de longues promenades, et au bout de quelque temps, Silje se sentit si sûre de Zirba qu'elle posa la longe sur son encolure en laissant la jument avancer librement. Parfois Zirba interrompait la marche et demeurait absorbée par quelque chose qu'elle avait vu ou entendu au loin. Elle était si belle alors, et si majestueuse, que Silje ne pouvait la quitter des yeux. C'était comme si elle flairait d'éventuels dangers dont elle voulait protéger Silje. Elle écoutait, les oreilles pointées, et soufflait d'un air menaçant avant de pousser un soudain grognement de joie et de repartir.

Quand elles cheminaient ainsi côte à côte, il arrivait que Zirba se mette à trotter en faisant semblant de vouloir s'échapper, mais dès que Silje l'appelait en courant en sens inverse, elle revenait. Ce n'était que lorsqu'elles rencontraient d'autres chevaux et que ceux-ci commençaient à trotter qu'il fallait tenir fermement la longe, car Zirba avait bien sûr envie de les imiter et d'allonger elle aussi ses jambes puissantes afin de vérifier sa force. Heureusement, Silje avait trouvé plusieurs trucs : soit elle forçait Zirba à exécuter une volte et lui faisait faire tour sur tour jusqu'à ce qu'elle oublie les autres, soit elle l'entraînait dans la direction opposée à l'aide de morceaux de sucre.

Silje prenait son temps pour le pansage quotidien, elle brossait et frottait la robe de Zirba, elle éclaircissait sa crinière et coupait la barbe de ses sabots. Elle essuyait le tour de ses yeux et le derrière de ses oreilles avec un chiffon et Zirba avait, désormais, vraiment confiance en ses mains. Elles se connaissaient réellement maintenant, et Zirba hennissait toujours de joie dès qu'elle entendait la voix de sa maîtresse, dans le paddock comme dans l'écurie. Elle l'implorait de sa voix et de ses yeux brillants en bougeant la lèvre supérieure avec impatience dans l'espoir d'une friandise.

Silje ne passait pas plus d'heures à l'écurie qu'avant, pourtant elle avait l'impression d'avoir davantage de temps pour d'autres activités. Même pour ses devoirs, ce que Peter apprécia ! Ses relations avec Zirba s'étant détendues, Silje ne s'inquiétait plus pour le lendemain et se réjouissait au contraire en pensant à leurs promenades. La sérénité de Silje se communiquait à Zirba qui prenait de l'assurance ; elle avait confiance en Silje et la suivait sans crainte, même pour dépasser le tracteur de Bendik, qui ne lui faisait plus baisser les oreilles !

Silje n'éprouva donc aucune inquiétude le jour où elles rencontrèrent le chasse-neige rotatif devant le manège. Elle s'assit seulement plus lourdement dans la selle et caressa l'encolure de la jument.

La neige giclait en éventail et Zirba renversa la tête en arrière en trépignant nerveusement.

— Doucement !

Silje continua à la caresser jusqu'à ce qu'elle se calme et quand Bendik s'approcha, elle baissa le cou et ne bougea plus.

— Quel plaisir de te voir recommencer à monter Zirba ! J'ai déblayé jusqu'au pont, mais au-delà vous pataugerez jusqu'aux genoux. Bonne promenade.

Le reflet aveuglant du soleil sur la neige forçait Silje à plisser les paupières. Elle enfonça sa bombe pour que la visière la protège de la réverbération et laissa ses yeux errer sur le paysage. Les arbres pliaient sous leur fardeau de neige. De temps en temps un corbeau s'envolait, et un paquet de neige poudreuse tombait de la branche qu'il venait de quitter en déployant ses ailes raidies par le froid.

Caro traversa le pont le premier, Zirba le suivit, en regardant autour d'elle avec curiosité et en soufflant joyeusement. À part la neige qui crissait sous les sabots, on n'entendait rien d'autre que le tintement harmonieux et un peu mélancolique du grelot. Le monde respirait le silence.

Parvenue de l'autre côté, Zirba s'arrêta. Silje donna des jambes, mais la jument n'avança pas d'un pouce. Au contraire, elle s'agenouilla, abaissa la croupe et resta couchée sur le ventre.

Silje n'avait jamais rien vu de pareil.

— Zirba ! Lève-toi ! cria-t-elle, en colère.

Caro revint vers elles et sauta devant Zirba en aboyant de joie. Silje descendit de sa monture en moins de temps qu'il n'en faut pour le dire.

— Tu ne peux pas rester ici ! (Elle tirait en vain sur les rênes.) Et n'essaie pas de te rouler dans la neige, continua-t-elle d'une voix menaçante. Ce n'est pas le paddock ici, mais un sentier équestre ouvert au public !

Zirba, complètement indifférente à ces remontrances, plongea la tête dans la neige. Caro exécuta un genre de danse de guerre autour d'elle. Il lui mordilla légèrement les épaules et posa ses pattes de devant sur la selle, mais, lorsque le chien prit son élan et sauta par-dessus l'encolure de la jument, celle-ci se releva d'un bond.

Elle s'ébroua dans un tourbillon de flocons, puis se pencha vers Caro qu'elle chassa, agacée, en soufflant fort des naseaux.

Silje éclata de rire puis se souvint du grelot.

— Regarde ce que tu as fait ! dit-elle d'un ton irrité, il est plein de neige !

Elle le secoua pour l'en vider, mais sans succès.

— Mince ! Tu es vraiment impossible ! Un jour tu as peur de la neige et le lendemain tu te vautres dedans et tu en manges ! Je ne te comprends pas.

Elle soupira, exaspérée, puis remonta en selle.

Le chemin forestier était déblayé : nouvelle occasion pour Caro de filer devant, de sauter dans les congères et de s'y enfoncer si profondément la tête la première que seuls dépassaient son arrière-train et sa queue qui tournait comme un moulin. Silje laissa Zirba marcher au pas. Elle contempla le ciel et sentit la chaleur du soleil d'hiver dans son dos. Au loin, elle perçut le bruit d'un avion ; il vira au-dessus d'Ekely avant de se diriger vers l'ouest, droit dans leur direction. La trace blanche de condensation demeurait suspendue dans le ciel.

Immédiatement Zirba fut sur le qui-vive, trottinant nerveusement, bougeant les oreilles, vibrant de tout son corps.

Silje reprit les rênes.

— Doucement, dit-elle au moment où l'ombre de l'avion couvrant la route devant elles s'approchait à une vitesse vertigineuse.

Zirba poussa un hennissement strident, fit demi-tour et, fonçant comme une folle, rebroussa chemin, le dos plat, les oreilles penchées en arrière, la tête si basse et si tendue que son cou semblait s'être allongé!... Silje, debout dans les étriers, ne la retint pas, mais juste avant le virage qui amorçait une descente, elle força Zirba vers le bas-côté. Un arrêt brusque et un temps de réflexion pour toutes les deux.

— Ce n'était qu'un avion, expliqua-t-elle à la jument encore abasourdie. Bien qu'il ait l'air d'être sur la route, ce n'est que son ombre qui s'y trouve. L'avion est très haut au-dessus de toi et ne peut pas te faire de mal. Bien sûr, c'est trop compliqué pour toi. Moi aussi j'aurais eu peur si je n'avais pas su que c'était inoffensif.

Et elle constata avec fierté :

— J'ai au moins pu constater que tu es toujours aussi rapide. Nous allons bientôt recommencer les sauts d'obstacles. Je sais que tu en as envie, mais il faut qu'on s'entraîne d'abord.

Elle ébouriffa amicalement la crinière, puis elles se remirent en route vers Ekely.

Zirba allait au pas et Caro marchait, docile, sur le côté. Il n'essaya qu'une fois de dépasser la jument, et comprit vite qu'il n'aurait pas dû : elle s'en aperçut à temps, se pencha, montra les dents et lui happa la peau du cou derrière la nuque. Caro aboya de frayeur tandis que Zirba poursuivait son chemin avec dignité, la tête gracieusement inclinée et les oreilles dressées comme des flèches acérées.

9

Silje faisait marcher Zirba à la longe dans le manège. Elle lui donna un léger coup de fouet : c'était l'ordre de passer au galop. Zirba obéit et galopa sans augmenter l'allure.

— Au trot !

Silje baissa la voix et Zirba trotta, tête baissée et cou gracieusement penché, tour après tour, jusqu'à ce que Silje lui dise de se mettre au pas. Elle raccourcit alors la longe et lui fit répéter le tout dans l'autre sens.

— Galop !

Le fouet claqua dans l'air et Zirba galopa en faisant des cercles de plus en plus larges. Elle utilisa son dos et ses postérieurs comme il fallait, sans accélérer.

Silje sourit fièrement. Malgré l'interruption de l'entraînement pendant plusieurs semaines, les muscles de la jument étaient toujours aussi puissants et ses mouvements aussi vifs.

— Au trot !

Silje baissa à nouveau la voix et Zirba trotta d'un pas enlevé jusqu'à ce que Silje raccourcisse la longe, puis détache la jument en la félicitant :

— Tiens ! voilà un sucre. Ça marche très bien ! Cours !

Un coup de fouet en l'air et Zirba prit un départ si vif que la sciure voleta sous ses sabots sur toute la longueur du manège. Elle se lança dans le virage et continua sa course, puis s'arrêta brusquement, souffla de triomphe, replia les pattes de devant et s'affala sur le côté pour se rouler dans la sciure. Après quoi, elle vint vers Silje au petit trot.

— Si tu te voyais ! (Silje ébouriffa son toupet.) Ça va me prendre des heures de te nettoyer ; et d'ailleurs tu le sais bien !

Elle lui caressa doucement le nez avant de rattacher la longe et de la ramener à l'écurie.

Enfin, elles allaient pouvoir recommencer l'entraînement au saut ! Silje en mourait d'impatience, mais elle sentait en même temps un pincement d'inquiétude lui tirailler le ventre.

Réussirait-elle ? Aurait-elle assez confiance en elle-même pour rassurer Zirba ? Oserait-elle donner des jambes si la jument allait trop vite ? Parviendrait-elle à ne pas se cramponner à la bride ? Elle n'en était pas sûre, mais elle espérait au plus profond d'elle-même que grâce à toutes ces semaines passées ensemble, grâce à leurs promenades et aux joies partagées, elles avaient atteint cette connivence si nécessaire dans le parcours d'obstacles.

Silje sella Zirba et mit le pied à l'étrier ; c'était comme si elle la montait pour la première fois !

Zirba se montra lente au début, manifestant peu d'intérêt pour les obstacles de trot que Bendik avait placés dans le manège. On aurait dit qu'elle savait qu'ils ne devaient servir qu'à l'échauffement et qu'elle voulait épargner ses forces pour les choses sérieuses.

Toute une semaine s'écoula avant que Bendik n'installe un vrai parcours de quatre obstacles.

Alors l'enthousiasme de la jument se réveilla. Elle avançait tout en force. Bendik leur criait ses instructions :

— Relâche les rênes, utilise tes jambes !
Donne encore des jambes !

Silje obéit et se pencha en avant lorsque
Zirba prit son élan et souleva le dos pour
planer, haut, au-dessus de l'obstacle.
— Super !

Sitôt l'obstacle franchi, Silje reprit le
contrôle de sa monture et revint au trot
vers Bendik.
— Tu vois que tu peux quand tu veux ! l'en-
couragea-t-il. Recommence !

Silje se rendait compte qu'elle manquait
encore d'entraînement. Elle essuya la
sueur qui perlait sur son front et rajusta sa
bombe. Zirba était concentrée, tous ses
muscles étaient tendus pendant qu'elle
attendait le signal de départ. Silje la mit au
trot et elles repartirent vers l'obstacle.
— Excellent ! Fais un tour de manège, puis
fais la double combinaison.

Zirba fonça vers le premier obstacle, son
accélération fut si foudroyante que Silje
en oublia de donner des jambes ; au lieu
de cela, elle se pencha en avant et resta
suspendue aux rênes. Zirba commença
alors à zigzaguer et arriva de travers sur
l'obstacle. Elle prit son élan tout de même,
mais sans parvenir à s'élever suffisamment ; elle trébucha, perdit presque l'équilibre et dut se jeter de côté pour ne pas

percuter de front l'obstacle suivant. Silje fut éjectée de la selle et sa tête heurta violemment la barrière ; la bombe amortit le choc. Elle ferma les yeux et se mit en boule au moment de rouler sur le sol.

Lorsqu'elle rouvrit les yeux, elle vit Zirba penchée au-dessus d'elle ; les rênes pendaient le long de son cou, Silje s'y agrippa pour se relever, repoussa sa bombe en arrière et sentit alors seulement la douleur à la base de son nez. Les larmes jaillirent tandis qu'elle s'appuyait toute tremblante contre Zirba.

— Tu t'es fait mal ?

Inquiet, Bendik la regardait.

Elle hocha la tête.

— La bombe a heurté mon nez, mais à part cela, ça va.

Elle essuya ses larmes et secoua les épaules pour vérifier que tout allait bien.

— J'ai eu un trou noir un instant. De peur, je suppose.

— Il te faut une autre bombe, qui ne glisse pas en avant. Celle-ci ne vaut pas grand-chose en cas de chute. Heureusement, tu as eu de la chance cette fois-ci.

Il lui donna une tape amicale sur l'épaule en lui demandant si elle était prête à recommencer.

— Oui, bien sûr !

Silje dut ravaler un sanglot pour ne pas montrer qu'elle était moins courageuse que sa réponse ne le laissait croire. Elle avait les mains moites et les jambes tremblantes mais la peur ne servirait à rien. Il fallait qu'elle se persuade que ça ne se produirait plus. Il fallait qu'elle en soit sûre, pas seulement dans sa tête, mais aussi dans son cœur. C'était affaire de volonté ; sinon autant abandonner.

— Tu sais pourquoi c'est arrivé ?

Bendik remettait la barrière en place.

— Oui, dit-elle, mais je n'ose pas donner des jambes quand elle est si fougueuse, ça va suffisamment vite comme ça.

— Pourtant il le faut. Non pas pour augmenter la vitesse, mais pour canaliser son énergie. Il faut la rassembler sous ton poids, sinon elle ira de travers et ne pourra pas attaquer l'obstacle de face. Quand tu donnes des jambes, en fait, tu l'actives. Dans quelque temps, tu devrais même pouvoir la monter rênes relâchées juste avant l'obstacle et la mener en avant rien qu'avec tes jambes. C'est ça l'objectif à atteindre, mais pour l'instant concentre-toi sur les jambes. Si tu y arrives, je sais que tu la contrôleras. Commence avec un seul obstacle, sois concentrée et directe et n'oublie pas le rythme.

Silje prit une profonde inspiration. Elle devait se fier à Bendik autant qu'elle voulait que Zirba se fie à elle. Confiance... c'était la confiance qui importait. Bien sûr la technique et l'expérience n'étaient pas à négliger, mais il fallait la confiance avant tout, y compris en soi-même.

Elle se remit en selle, respira profondément plusieurs fois, détendit ses épaules, rassembla les rênes et lança Zirba au galop en direction de l'obstacle au-dessus duquel la jument s'envola.

— Parfait ! Tourne et aborde-le dans l'autre sens. Pense au rythme, aie confiance en toi et donne des jambes !

Silje remit Zirba au galop. La vitesse augmenta encore, comme si Zirba avait oublié l'incident et déployait toute son énergie. Son intrépidité et son enthousiasme étaient communicatifs, et Silje, chaque muscle de son corps bandé, la mena sans crainte vers l'obstacle.

— Bien ! Maintenant essaie le double.

Zirba allait plus vite encore, propulsée par ses pattes puissantes, tendues au maximum de leur effort. Silje se concentra sur les jambes, forçant Zirba à se ramasser sous elle. Alors elle sentit la jument qui répondait et allongeait sa foulée. Silje donna des jambes, relâcha les rênes, et se pencha en avant debout dans les étriers. Elle se redressa à la réception et laissa aller librement Zirba avant que le deuxième obstacle ne disparaisse sous elles.

Ce n'est qu'une fois l'entraînement terminé que Silje mesura à quel point elle était fatiguée. Ses épaules lui faisaient mal depuis la chute et ses mollets étaient douloureux d'avoir été à ce point sollicités. Mais qu'importe !... Elle venait de faire sa première heure de saut d'obstacles après la mise bas, et, à part la chute, elle avait maîtrisé Zirba tout le temps. Elles avaient eu confiance l'une en l'autre, une entière confiance, issue d'une même volonté, d'une même force. La joie de Silje était immense.

10

C'est au printemps, sous un soleil radieux, qu'eut lieu le premier concours cantonal d'Ekely.

La piste extérieure était préparée pour les échauffements, tandis que le parcours d'obstacles était dressé sur un frais gazon printanier, du plus joli vert qui soit... Les neuf obstacles étaient disposés dans cet ordre : trois simples, deux oxers, un mur, une barre de Spa et une combinaison. Les barres avaient été fraîchement repeintes, en rouge, noir et blanc, et la tribune des juges était décorée de drapeaux.

Silje et Zirba attendaient leur tour sur la piste extérieure. Silje portait une veste beige, une culotte blanche et des bottes noires ; elle avait attaché ses cheveux sous la bombe. La crinière de Zirba était tressée et sa robe était d'une blancheur éclatante. Silje avait mis plusieurs heures pour la toiletter.

Silje ne quittait pas les obstacles des yeux, essayant de mémoriser le parcours ; c'était sa part de responsabilité : il ne fallait surtout pas oublier un obstacle ! Elle y pensait tout en regardant distraitement l'équipage qui concourait.

Sa concentration était telle qu'elle ne vit ni n'entendit le public qui arrivait. Pourtant, elle savait que Janne et Anders étaient là. Ils sortaient à nouveau ensemble, Anders s'était excusé et Janne avait pardonné. Marius était venu aussi ; Silje l'avait aperçu à côté du manège tandis qu'il faisait la queue au bar. Il s'était retourné juste à ce moment-là. Des boucles blondes, des yeux marron, un bonjour de la tête, un sourire peut-être — Silje n'en était pas certaine. Il ne fallait plus y songer maintenant, mais les pensées affluaient d'elles-mêmes jusqu'au moment où ce fut le tour de Zirba d'entrer en piste. Elle piétinait nerveusement et pénétra dans l'enceinte dès que l'autre équipage fut sorti. Elle était digne, la nuque courbée et le pas enlevé.

Silje appuya des jambes et dès qu'elle lui eut fait prendre le mors Zirba se mit à trotter plus vite. Elle lançait ses pattes loin en avant et, avec sa queue en panache, elle avait l'air de danser.

Silje entendit les « ah ! » du public et sentit la fierté l'envahir. Elle rassembla Zirba pour le départ, allongea son bras droit le long de son corps, salua respectueusement le juge. Au premier coup de sifflet elle lança la jument vers l'obstacle ; les foulées longues et rapides tenaient le bon rythme. Silje comprit que le dernier pas allait être long. Elle donna des jambes et lâcha les rênes. Elle rassembla Zirba tout de suite après la réception et l'encouragea lorsqu'elle fonça vers l'oxer. Malgré la vitesse de ses mouvements, Zirba gardait le bon équilibre et se laissait diriger par les pressions des jambes. Elle était toujours sur le bon rythme et l'oxer disparut sous elles. Les tribunes, les drapeaux, les collines tourbillonnaient comme un manège de foire. Elles étaient prises par l'ivresse du rythme et les mouvements ultrarapides diminuaient dangereusement la distance entre les obstacles ; Zirba les maîtrisait cependant sans difficulté apparente. Quand elle franchit la combinaison, puis galopa fièrement sur la dernière longueur, Silje sut que le but était atteint : elle en pleura de joie !

Sixième sur cinquante ! Sous les applaudissements du public, Silje fit le tour d'honneur avec les autres gagnants, et n'oublia pas de caresser Zirba.

L'atmosphère était fébrile dans l'écurie ; les chevaux, énervés par le printemps, hennissaient d'impatience. Ils allaient partir dans les prés le lendemain matin, et tous le savaient. Un par un on enleva leurs fers ; le maréchal-ferrant garda ceux qui pouvaient encore servir et jeta les autres.

La porte était ouverte, et le parfum de l'herbe juste fauchée se mélangeait à l'odeur de sciure et d'avoine. Les chevaux soufflaient, leurs naseaux grands ouverts pour mieux humer l'air.

Le lendemain, Silje se rendit à l'écurie de bonne heure. La chaleur de l'été faisait vibrer le mur, au sud, et l'herbe ondoyait sous la brise.

— Tu vas me manquer ! (Silje plongea ses yeux dans ceux de Zirba.) Je penserai à toi tous les jours. J'espère que Mayo s'occupera bien de toi. Prends garde à Molly, tu sais comme elle est lunatique et peut attaquer sans raison aucune. Elle ne supporte pas qu'on s'approche d'elle...

Silje caressa le nez de Zirba et y posa sa joue. Elle aurait voulu rester ainsi longtemps, longtemps. Visiblement Zirba ne partageait pas ce sentiment, elle piétinait d'impatience et voulait rejoindre les herbages avec Mayo le plus vite possible. Les chevaux hennissaient, faisant ainsi clairement comprendre à Tina et à Silje qu'elles devaient se dépêcher.

On allait lâcher les chevaux deux à deux par intervalles. C'était la meilleure solution, car ce sont des animaux grégaires qui ont leurs sympathies et leurs antipathies.

Molly n'arriverait que lorsque les autres auraient fini de s'amuser. Dès son premier été à Ekely elle s'était considérée comme le chef du troupeau et son assurance, son arrogance même, lui avaient valu de tenir ce rang. Mais Silje ne l'avait jamais appréciée ; elle l'avait trop souvent vue se tenir un peu à l'écart des autres, les oreilles couchées et le corps tendu pour brusquement foncer dans le tas en montrant les dents et forcer ainsi le troupeau à se disperser. On aurait dit que leur peur l'amusait et elle semblait ravie devant leur course éperdue, cherchant refuge dans les bosquets. Elle les suivait toujours du regard, tête levée, crinière au vent. Une fois, une des juments avait eu si peur de Molly qu'elle avait vagabondé toute seule pendant plusieurs jours avant que Molly ne l'autorise à revenir.

Silje n'avait jamais réussi à oublier cet incident.

Mayo et Zirba s'énervaient devant la barrière : de l'autre côté s'étendait l'été, vert et luxuriant.

Silje avait la gorge serrée en enlevant la bride, mais elle n'eut qu'à donner une tape amicale sur le dos de Zirba pour la faire filer au galop, accompagnée de Mayo, vers le bois de bouleaux en haut de la butte. Un instant plus tard les deux chevaux revenaient à toute allure, folâtrant et examinant les alentours, les oreilles dressées. Zirba hennit, Mayo lui répondit. Ils s'approchèrent l'un de l'autre, firent quelques ruades, et commencèrent à jouer.

Ils se penchèrent d'un côté puis de l'autre, faisant semblant de se happer le cou ; puis ils s'agenouillèrent et se mordillèrent les antérieurs. Ils se remirent debout et gambadèrent en huit, avant de s'élancer dans une course échevelée, leurs deux crinières, la blanche et la noire, volant au vent tels deux étendards.

On lâcha ensuite tour à tour les autres chevaux, et ce fut autant d'occasions de semblables batailles amicales : ils ruaient et galopaient en tous sens au soleil, les robes éclatantes de lumière.

Molly prit possession du terrain la dernière, la tête fièrement levée et les yeux aux aguets. Les autres chevaux se rassemblèrent autour du trou d'eau en l'observant faire des cercles autour d'eux. Alors Molly gonfla sa poitrine, souffla d'un air menaçant et fonça vers le troupeau en montrant les dents. Le plus proche des chevaux, une jument aubère de trois ans, se défendit en levant les sabots, mais Molly avait seulement simulé une attaque et elle repartit, aussi vite qu'elle était venue, dans un roulement de tonnerre. La jeune jument, la pauvre, s'enfuit complètement affolée vers la forêt.

— Je n'aime pas Molly ! Je ne l'ai jamais aimée !

Les mains de Silje se crispèrent sur la bride.

— Elle fait tout ça rien que pour montrer que c'est elle le chef, dit Tina. Elle n'est pas aussi dangereuse qu'elle en a l'air ; ce ne sont que des menaces.

— Tout de même. Je ne l'aime pas.

Silje s'était accrochée à la barrière et elle clignait des yeux vers le bois de bouleaux. Soudain Zirba apparut entre les arbres. Elle regardait fixement Ekely et les collines boisées derrière la ferme. Ce fut la dernière image que Silje emporta : la silhouette blanche et éclatante de la jument qui se découpait sur le vert profond du feuillage.

11

Il n'y avait pas un souffle d'air lorsque Silje arriva dans l'archipel au sud de la Norvège. Le canot à moteur était rempli de marchandises ; Brita, sa mère, Nils, son beau-père, et Espen, son petit frère, avaient fait les courses avant de venir la chercher à la gare.

Silje était assise à l'arrière et racontait à Espen ses aventures avec Zirba.

— Quand vous viendrez nous voir à Ekely, tu auras le droit de la monter, promit-elle, et elle lui montra des photos.

C'étaient pour la plupart des photos de Zirba dans l'enclos, les oreilles pointées, aux aguets.

— Quand elle court, c'est le plus magnifique de tous les chevaux de la ferme.

Silje en parlait avec chaleur et conviction. Espen se rapprocha de sa grande sœur :

— Que fait-elle maintenant, pendant que tu es ici ?

— Elle est en vacances elle aussi, dans les herbages avec les autres. Elle a un bon copain, c'est un hongre qui s'appelle Mayo ; il prend soin d'elle.

— Pourquoi a-t-elle besoin qu'on s'occupe d'elle ?

— Parce qu'elle est blanche ; et les chevaux blancs se font parfois rejeter par les autres. Mais je suis sûre que ça se passera bien pour elle.

Silje rangea les photos dans son portefeuille.

Espen lui donna des coquillages.

— Des roses, comme ceux que tu collectionnais l'an dernier.

Il sourit de ses dents toutes neuves.

Espen avait beaucoup changé pendant l'hiver, il avait grandi et forci, Silje trouvait qu'il ressemblait de plus en plus à Nils ; il avait même son accent aux voyelles chantantes. Espen connaissait maintenant chaque sentier et chaque buisson sur l'île, tout comme son père. Mais Nils connaissait aussi les nuages et le vent. Il savait toujours dans quel ordre ils venaient ; il le sentait, disait-il, comme il sentait où il devait poser les filets à soles.

Espen et Silje relevaient ces filets tous les matins avec Nils. Ils étaient à genoux à l'avant du bateau, penchés sur l'eau où ils voyaient leur propre reflet. Mais lorsque Nils donnait de la vitesse au bateau, l'image disparaissait dans les profondeurs sans qu'ils puissent la retenir.

Les mouettes volaient toujours bas au-dessus d'eux en criant famine dans un vacarme de tous les diables. Parfois elles plongeaient carrément vers le bateau en quête d'une proie, avant de remonter dans le ciel.

Brita attendait toujours leur retour sur la jetée. Un matin, elle leur annonça que Bendik avait téléphoné pour dire que Zirba se portait comme un charme. Silje poussa un soupir de soulagement ; elle ne s'était pas vraiment inquiétée, mais ça faisait tout de même grand bien de l'entendre. Peut-être que Molly était moins capricieuse et instable qu'elle n'en avait l'air. Silje devait s'en persuader et avoir confiance en Tina et Mayo.

Ce jour-là, à Stuane, les nuages étaient arrivés les premiers. Le vent était encore quelque part sur l'océan et les poussait, menaçants, en direction de la côte.

Espen ramait en prenant appui de ses pieds sur le banc devant lui ; la barque avançait vite.

— Il va y avoir du gros temps, dit-il en montrant le ciel.

Silje se retourna et vit des nuages bleunoir s'amasser à l'horizon en une couche toujours plus épaisse qui bientôt les cernerait et chassait les mouettes vers la terre. À tire-d'aile, les oiseaux s'enfuyaient vers Stuane, pour y chercher refuge dans les buissons.

— Je crois que ça va être la tempête !

Espen serra davantage les rames.

— Je le crois aussi, dit Silje qui se mit à ranger la traîne de pêche et les quatre gros maquereaux qu'ils avaient attrapés.

Le soleil jeta une dernière lueur étincelante avant de disparaître derrière les nuages noirs, et une lumière diffuse, à l'éclat inhabituel, éclaira la mer encore un instant. Soudain, le tonnerre éclata, des éclairs et des lanières de feu zébrèrent le ciel jusqu'à la surface de l'eau. L'air tremblait. Espen ramait avec toute son énergie, poussant la barque en avant si vite que l'eau défilait en torrent de chaque côté de son étrave. La concentration et la détermination se lisaient sur son visage. Il avait appris à respecter les forces de la nature ; cependant, à l'évidence, il savait aussi leur résister avec un courage pas seulement physique, mais aussi moral. Silje comprit qu'elle aurait tort de lui proposer de le relayer.

Arc-bouté sur ses pieds, Espen ramait à pleins bras ; les avirons tranchaient la surface de l'eau avec puissance et régularité, tandis que la pluie fouettait la mer. Puis, d'un seul coup, plus d'orage ! Il avait disparu aussi vite qu'il avait surgi. C'était toujours comme ça à Stuane : rien ne durait jamais bien longtemps. Le vent emporta les nuages au loin et, à l'horizon, un mince rayon de soleil leur envoya sa lumière dorée. Bien vite il se fit plus large et plus fort, tandis que les mouettes, qui revenaient de leurs cachettes, se paraient de rose aux lueurs du couchant.

Silje regarda d'un air inquiet les gros nuages d'orage envahir l'intérieur des terres. Que ferait Zirba si l'orage atteignait Ekely dans le nord ? Elle qui était partie comme une flèche au bruit inoffensif d'un avion. De quoi serait-elle capable lorsque le tonnerre ébranlerait le sol sous ses sabots et que les éclairs crépiteraient à la cime des arbres ? Elle serait sans doute folle de peur et courrait en rond sans savoir où se cacher. Peut-être fuirait-elle vers le trou d'eau, se croyant plus en sécurité en terrain découvert, ignorant qu'avec sa robe blanche elle ferait une cible vivante idéale pour l'éclair ? Et Molly s'en réjouirait certainement, car elle savait, elle, que l'éclair ne tombe jamais deux fois au même endroit. Elle n'aurait donc qu'à attendre tranquillement sous les arbres, et, lorsque tout serait fini, et Zirba peut-être morte, elle sortirait du bois et se roulerait dans la boue près de l'eau pour camoufler son odeur de cheval et éloigner ainsi les insectes !

Silje en avait la gorge nouée et elle sentit ses mains devenir moites. Elle se força à penser à autre chose et félicita Espen, lui disant qu'elle était fière de lui qui les avait ramenés à terre sains et saufs.

Trois jours avant qu'elle ne reparte à Ekely, juste après le petit déjeuner, le téléphone sonna. Brita décrocha, et passa le combiné à Silje.

— C'est Bendik, annonça-t-elle.

Avant même d'entendre ce qu'il allait dire, Silje eut un pressentiment, une angoisse l'étreignit. Lorsqu'elle comprit, ce fut comme si elle recevait une grêle de coups paralysants qui la plongèrent dans les ténèbres du désespoir.

— Si tu prends le train vers deux heures, tu seras ici vers six heures. Je viendrai te chercher à la gare.

Silje hocha la tête, dit oui d'une petite voix blanche, puis raccrocha.

— Était-ce à propos de Zirba ? Quelque chose ne va pas ? demanda Brita, inquiète.

— Oui, elle s'est battue et s'est blessée, puis elle s'est enfuie et ils n'arrivent pas à la rattraper. Il faut que je rentre. Je pars au train de quatorze heures. Bendik viendra me chercher à la gare.

Comme les mots semblaient banals ! comme s'il s'agissait d'un événement quotidien... Pourtant c'était tout le contraire ; c'était ce qu'elle avait craint tout le temps ! Elle n'avait jamais eu confiance en Molly. Et maintenant, par sa faute, Zirba était redevenue farouche et même sauvage. Elle errait loin des autres chevaux, toute seule parce qu'elle avait peur. Elle avait même peur de Bendik. Pauvre Zirba.

— Je te ramène en voiture. (La voix de sa mère était à la fois ferme et affectueuse.) Je te ramène évidemment, dit-elle en l'embrassant.

Espen aida Silje à faire ses bagages ; il aurait bien aimé venir à Ekely, lui aussi, mais en même temps il comprenait que ce serait triste pour Nils de rester seul à Stuane.

— Je vais te donner quelque chose, dit Silje en lui tendant la photo de Mayo et de Zirba dans le pré aux moutons.

La nuque de Zirba était gracieusement courbée et le soleil brillait à travers sa queue.

— C'est la plus belle des photos que j'aie, mais je te la donne quand même.

Espen mit la photo dans la poche de sa chemise.

— J'en prendrai bien soin, promit-il d'un air solennel en posant la main sur sa poche.

Au début, ni Brita ni Silje ne dirent grand-chose. Elles étaient plongées dans leurs propres pensées tandis que défilaient les poteaux, les arbres, les maisons et les voitures.

— Je savais que Molly agresserait Zirba à la première occasion, déclara brusquement Silje. Elle la déteste depuis le début, ça se voyait même dans l'écurie. Tu te souviens de Molly ? J'ai l'impression qu'elle est à Ekely depuis toujours. Et puis c'est elle le chef du troupeau lorsqu'ils sont aux herbages.

Sa mère essaya de se rappeler.

— Je ne suis pas sûre, dit-elle. Mais explique-moi pourquoi elle s'est attaquée à Zirba maintenant ? Voilà plusieurs semaines qu'elles sont ensemble dans les prés. Je croyais que ce genre de bagarre avait lieu dès le début, pour décider du cheval dominant du troupeau ?

— C'est vrai, mais Mayo protégeait Zirba. L'attaque a eu lieu lorsqu'il s'est blessé au pied et a dû rentrer à la ferme. Molly est terriblement forte et ses sabots sont énormes. Zirba n'avait aucune chance. Bendik m'a dit qu'elle avait plusieurs vilaines blessures. Elle a besoin d'un vétérinaire, mais elle est si effrayée qu'elle ne laisse personne l'approcher. Elle erre quelque part toute seule, conclut Silje, au bord des larmes.

Elles continuèrent un moment en silence. Silje fixait la route devant elles.

— Dis, maman, as-tu entendu parler du cheval blanc de Bendik, qu'il a fallu tuer ?

Sa mère acquiesça.

— Nous habitions à Ekely à ce moment-là, je m'en souviens très bien, et je comprends ce que tu crains.

— Oui, admit Silje, j'ai peur qu'il ne se passe la même chose avec Zirba.

Sa mère lui prit la main et la serra :

— Je crois que tu as tort de te tourmenter pour ça. Le cheval blanc de Bendik ne s'était attaché à personne, cela n'a rien à voir avec Zirba et toi. Songe à tout ce que vous avez partagé, échecs comme victoires. Promets-moi de penser à cela lorsque tu iras à sa recherche ; aie confiance en Zirba, les chevaux sont fidèles, tu le sais bien.

Silje posa son autre main sur celle de sa mère.

— Bendik a fait rentrer Molly, c'est au moins ça ! Mais j'appréhende quand même.

Silje n'aperçut aucun cheval dans les prés lorsque la voiture passa le portail d'Ekely. Ils étaient sans doute à l'ombre entre les arbres, à se frotter contre les branches ou à s'éventer avec leur queue. Ils avaient l'habitude d'agir ainsi, surtout par temps chaud, quand les moustiques sont particulièrement embêtants.

Silje se dépêcha de sortir de la voiture et courut vers la barrière. Le sol était boueux à côté du trou d'eau, signe que l'orage avait bien atteint la ferme. Il y avait encore des flaques jaunâtres, mais l'herbe de la pente menant au bois était sèche et verte. Silje scrutait l'espace entre les arbres, sous les feuillages qui brillaient au soleil, là où s'allongeaient les ombres.

— Zirba!

Son cri retentit jusque dans le bois où aucune branche ne bougea. Silje appela de nouveau, retenant son souffle dans l'espoir d'une réponse. En vain.

Il n'y avait personne non plus dans la cour de la ferme, et Silje hésita un moment avant de se diriger vers la maison de Bendik. Elle monta les quelques marches d'un bond et rencontra son oncle sur le seuil de la porte.

— Vous voilà déjà? dit-il, surpris. Nils a téléphoné pour annoncer que vous étiez parties en voiture, mais je ne vous attendais que dans une heure.

Il ferma la porte derrière lui et se dirigea avec Silje en direction de l'écurie.

— Va prendre la longe, dit-il, je vais prévenir Peter et Kristine.

Silje s'arrêta devant l'écurie.

— Je n'ai pas vu de chevaux dans le pré aux moutons, j'ai appelé Zirba, mais elle n'est pas venue.

— Elle t'a sans doute entendue, mais elle se tient à l'écart, et elle suit tout ce qui se passe. Ce matin, nous avons essayé de l'attraper, Tina, Kristine et moi. Nous l'avons coincée, mais elle nous a attaqués, dents et sabots en avant, et a réussi à se faufiler entre nos chevaux sans qu'on ait pu l'arrêter. Alors, nous avons décidé de te téléphoner.

Silje eut le vertige, lorsque les mots de Bendik prirent forme dans son esprit.

— Comment avez-vous pu faire quelque chose d'aussi cruel ! demanda-t-elle, révoltée. (Sa voix tremblait et ses yeux brillaient de larmes.) Comment avez-vous pu la coincer de cette façon-là ? Trois chevaux contre un ! Elle a dû être paniquée, elle qui ne supporte même pas d'être attachée !

Silje regarda droit devant elle ; elle ne voyait plus ni Bendik, ni les maisons, ni le soleil — seulement Zirba dans l'écurie, avec des étincelles jaillissant sous ses sabots.

— Tu sais bien qu'il a fallu plusieurs jours avant que Zirba ne puisse retraverser l'écurie après avoir été attachée dans le couloir, et maintenant tu espères qu'elle viendra volontairement vers moi quelques heures après la peur terrible que vous lui avez causée ?

Silje clignait des yeux pour retenir ses larmes.

Bendik la dévisagea. Il avait l'air à la fois grave et compréhensif.

— Je comprends ce que tu peux ressentir, mais toi aussi, tu dois comprendre : si on ne peut faire revenir Zirba d'elle-même ou par la force, il ne nous restera pas grand choix. Je t'assure que moi aussi, je trouve ça très dur, mais ce sont les chevaux qui me font vivre, et je ne peux pas me permettre d'avoir un cheval fou dans mon écurie. Donc, ce n'est pas le moment de déraisonner. Nous avons essayé d'attraper Zirba aujourd'hui, afin d'éviter de t'appeler. Si nous n'avions pas cru que cela réussirait, nous n'aurions pas essayé. Et le seul espoir, maintenant, c'est que Zirba réponde à ton appel. Je t'aiderai.

Silje prit la longe dans la sellerie et remplit ses poches de morceaux de sucre.
— Pauvre Zirba, fit-elle à haute voix. Comment ont-ils pu te faire quelque chose d'aussi méchant ?

Tina, Kristine, Brita et Peter attendaient près de la barrière lorsque Silje, suivie de Bendik, entra dans le pré.
— Zirba !
Silje scruta encore une fois le bois de bouleaux. Elle sentait son propre pouls lui marteler les tempes et ses doigts se crisper autour de la longe, tandis qu'elle implorait Dieu de faire revenir Zirba d'elle-même. Pourvu qu'elle soit là, dissimulée juste derrière les arbres en attendant son retour

pour se montrer, parce que Silje lui avait manqué !

Elle essaya de repérer la jument entre les troncs, mais elle n'aperçut que des contours noirs, sans rien de blanc.

— Zirba ! appela-t-elle de nouveau en avançant lentement sur la pente, avant de se souvenir que Zirba errait quelque part toute seule, à l'écart des autres.

Alors elle s'arrêta pour examiner la lisière du bois, de la pente au nord jusqu'au pré plat au sud.

— Ziiirba !

L'écho du nom retentit au loin. Silje n'osait plus respirer. Elle écoutait de toutes les fibres de son être. Soudain, comme par un coup de baguette magique, Zirba sortit du bois. Sa robe éclatante de blancheur se découpait sur le fond vert du feuillage.

— Zirba !

Silje tendit les bras vers elle, et tout son corps se détendit lorsque la jument se mit à marcher vers elle. Elle boitait, et, pour soulager son antérieur droit, s'appuyait sur le gauche. Mais elle portait haut la tête et ses yeux rencontrèrent ceux de Silje.

Elle s'immobilisa à quelques mètres, en haut d'une petite butte d'où elle avait vue sur tous les alentours. Silje distinguait clairement les traces de la bagarre. La blessure au-dessus du genou était profonde et la morsure à l'épaule avait laissé une plaie béante. La peau, en dessous, était noire de sang séché.

Prise de pitié, Silje n'eut qu'un désir : passer les bras autour du cou de Zirba pour la consoler. Elle ne pouvait pas le faire, mais s'approcha de la jument, lentement, avec un peu d'hésitation toutefois.

— Pas plus près ! tonna Bendik dont la voix effraya Zirba.

Elle poussa un hennissement strident, se rejeta en arrière, lança une ruade et galopa vers les arbres en faisant craquer les buissons sous ses sabots.

Dans le silence qui suivit, Silje eut l'impression que le monde venait de se fêler, comme sur le point de s'écrouler d'un instant à l'autre. L'air vibrait de ce qui allait se passer ; serait-ce un autre cri strident ou un hennissement de reconnaissance ?

Silje se tourna vers Bendik :
— Il vaut mieux que je sois seule. Sinon, elle ne viendra jamais !

Sa voix était calme, mais d'une fermeté étonnante. Bendik fit oui de la tête.

— Promets-moi simplement que tu ne bougeras pas et que tu laisseras Zirba s'avancer vers toi, sans tenter de faire le contraire. Tu sais qu'elle peut être rapide à l'attaque, ajouta-t-il avant de rejoindre la barrière.

Silje attendit que Zirba ressorte du bois. Elle arriva bientôt, soufflant d'un air menaçant, poitrine gonflée, et se mit à gratter le sol du sabot, si fort qu'elle en arrachait l'herbe.

— Zirba ! (La voix de Silje se fit suppliante :) Si tu ne viens pas de toi-même... (La vérité était trop horrible, mais inévitable.) Bendik n'aura pas le choix, l'adjura-t-elle en allongeant les bras vers sa jument.

Zirba pencha la tête et remua ses oreilles en avant et en arrière, comme elle avait l'habitude de le faire lorsqu'elle voulait comprendre sa maîtresse au son de sa voix.

Silje ouvrit la main et montra le sucre, Zirba tendit le cou et s'approcha lentement en boitillant. Elle avait le regard perçant, les muscles si bandés qu'ils vibraient au moindre son.

— Tiens ! dit doucement Silje.

Zirba happa le morceau de sucre qui craqua entre ses dents.

Instinctivement Silje s'accroupit.

— Si tu viens encore plus près, chuchota-t-elle en formant les mots avec ses lèvres sans les prononcer, comme si cela pouvait les rendre magiques, alors tu es bien le cheval que je crois.

Au même moment, Zirba fit un pas en avant, baissa le cou et, avec un hennissement à peine audible, posa son nez sur l'épaule de Silje. La jeune fille sentit son propre corps vibrer de chaleur et d'émotion, ses genoux fléchirent et elle dut s'appuyer au sol pour ne pas perdre l'équilibre.

— Tu es à moi, rien qu'à moi. Tu me reconnais entre tous ! (Elle était au comble de l'émotion.) Tu viens lorsque je t'appelle, tu me suis comme un chien !

Silje pressa sa joue contre celle de Zirba, et, toujours à genoux, elle lui mit la bride.

— Je savais que tu allais venir !

Elle se releva lentement, descendit la pente, passa devant Brita, Tina, Kristine, Bendik et Peter, franchit la barrière et traversa la route.

— J'en étais sûre ! J'en ai toujours été sûre ! dit-elle, triomphante.

Et elle pénétra dans la ferme par le portail au clocheton pointu en tenant Zirba par la longe.

Castor Poche

Des livres pour toutes les envies de lire,
envie de rire, de frissonner,
envie de partir loin
ou de se pelotonner dans un coin.

Des livres pour ceux qui dévorent.
Des livres pour ceux qui grignotent.
Des livres pour ceux qui croient ne pas aimer lire.
Des livres pour ouvrir l'appétit de lire et de grandir.

Castor Poche rassemble des textes du monde entier ; des récits qui parlent de vous mais aussi d'ailleurs, de pays lointains ou plus proches, de cultures différentes ; des romans, des récits, des témoignages, des documents écrits avec passion par des auteurs qui aiment la vie, qui défendent et respectent les différences. Des livres qui abordent les questions que vous vous posez.

Les auteurs, les illustrateurs, les traducteurs vous invitent à communiquer, à correspondre avec eux.

Castor Poche
Atelier du Père Castor
4, rue Casimir-Delavigne
75006 PARIS

Castor Poche, des livres pour toutes les envies de lire: pour ceux qui aiment les histoires d'hier et d'aujourd'hui, ici, mais aussi dans d'autres pays, voici une sélection de romans.

686 Piège dans les rocheuses   Senior
par Xavier-Laurent Petit

Gustin n'a pas vu son père depuis qu'il a... quatre mois! Cet été, il va le retrouver, au cœur du Wyoming, dans le campement indien où Renard Rouge vit désormais. Mais la sérénité de cette existence sauvage cache une inquiétude, une menace... La présence de Gustin suffira-t-elle à déjouer les plans de Willcox?

685 Café au lait et pain aux raisins   Junior
par Carolin Philipps

Ce soir-là, seul dans l'appartement, Sammy se prépare pour aller au feu d'artifice. Soudain, une bombe incendiaire est jetée par la fenêtre. Que signifie cette violence? Et pourquoi Boris, son voisin et camarade de classe, assiste-t-il à la scène sans rien faire? Avec douleur, Sammy découvre qu'il est victime du racisme...

683 Marine   Junior
par Chantal Crétois

Marine est une «enfant de la DDASS». Elle apprend un jour que ses parents de naissance n'ont plus de droits sur elle, qu'elle peut être adoptée. Mais qu'il est difficile de se laisser aimer lorsqu'on a douze ans et que tout est cassé dans sa tête et dans son cœur!

682 Les lumières de Diwali   Junior
par Rumer Godden

Demain, c'est Diwali, la nuit magique où l'Inde entière s'illumine, le soir où partout dansent les petites flammes de la fête. Mais cette année, la maison de Prem restera plongée dans l'obscurité: Mamoni a vendu les lampes! À moins que... car Prem n'est pas d'un naturel résigné!

681 L'œil d'Horus   Senior
par Alain Surget
Le destin de Menî est tout tracé : il doit succéder à son père, le pharaon Antaref. Mais pour l'heure, il sait à peine tirer à l'arc et ne s'intéresse qu'à ses animaux familiers. Antaref lui ordonne alors d'accomplir trois exploits pour prouver qu'il peut être roi.

678 La papaothèque   Junior
par Dennis Whelehan
Décidément, le papa de Joseph laisse beaucoup à désirer : toujours pressé, la tête ailleurs, il oublie de faire les courses et n'est d'aucun secours pour les devoirs. Ah, si seulement on pouvait changer de papa comme on change de livre à la bibliothèque ! ... Et s'il existait bien qulque part, une papaothèque ?

677 La caverne des éléphants   Senior
par Roland Smith
Jacob, un jeune Américain de quatorze ans, vient de perdre sa mère. Sans nouvelles de son père depuiis longtemps, il décide pourtant de la rejoindre, au cœur de la brousse, au Kenya. Dans cet univers farouche, il découvre l'âme de l'Afrique... et son propre destin.

676 Les cornes du diable   Junior
par Gary Paulsen
Bobbie est loin d'être ravie : cette année, sa cousine de Los Angeles vient l'aider à rassembler les vaches égarées. La chasse s'annonce mouvementée, d'autant que le taureau Diablo fait des siennes et que les frères Bledsoe veillent...

674 Danger sur la rivière   Junior
par Gary Paulsen
À contrecœur, Daniel se rend en minibus au camp de vacances du nid d'Aigle. En plus, il retrouve ses camarades de classe qui lui mènent la vie dure. Mais tout change lorsque le minibus plonge dans la rivière...

673 Le tueur de Gorgone   Junior
par Gary Paulsen

Warren Trumbull est un drôle de garçon. Avec son groin et ses oreilles pointues, il ressemble à un cochon. Un jour, l'agence de secours Prince charmant lui confie une terrible mission : exterminer une cruelle créature douée du pouvoir de transformer les humains en pierre...

672 La légende de la caverne   Junior
par Gary Paulsen

À la recherche d'une statue indienne, Will et Sarah explorent la grotte de la Montagne Hantée. Mais deux dangereux malfaiteurs veillent, bien décidés à se débarrasser de témoins aussi gênants...

671 La vallée du tonnerre   Junior
par Gary Paulsen

Pendant les vacances, Jeremy et Jason aident leurs grands-parents à tenir le chalet familial. Bientôt, une succession d'événements étranges vient perturber la tranquilité des lieux.Les deux frères vont devoir se débrouiller seuls pour déjouer uncomplot diabolique...

667 L'ogre du sommeil   Junior
par Hubert Ben Kemoun

Depuis qu'une dentiste lui a arraché presque toutes ses dents, Balzébill ne fait plus peur aux enfants. C'est du moins ce que tout le monde croit, jusqu'au jour où il se découvre un appétit et un don fort inattendus... Citoyens de Babès, prenez garde à l'ogre Balzébill, l'avaleur de songes, le glouton des rêves.

658 Dans les trous, on trouve tout   Junior
par Paul Thiès

Désiré est orphelin et personne ne veut de lui. Un jour pourtant, un personnage étrange lui confie une mission : prendre le sac magique et vendre des trous ! Désiré n'est pas au bout de ses surprises...

657 **Chasseur de stars** Senior

par Klaus Hagerup

A treize ans, Werner, petit, timide, surnommé «Ver de terre», a peur
des autres, du noir, de l'altitude et surtout des filles. Jusqu'au jour
où Stella, star adulée d'un feuilleton américain, désire le rencontrer...

656 **La société secrète** Senior

par Henning Mankell

Joël a onze ans. Très solitaire, il vit avec son père. Il veut découvrir son passé et celui de sa mère, absente. Pour y parvenir, il
crée une société secrète qui lui permet de sortir la nuit et d'ex-
plorer les territoires inconnus du souvenir.

654 **Le merveilleux voyage de**

Nils Holgersson à travers la Suède Junior

par Selma Lagerlöf

Pour s'être moqué d'un lutin, Nils va être ensorcelé et devenir à son
tour tout petit. Il accomplira un voyage extraordinaire à travers son
pays, jusqu'en Laponie, sur Akka, un jars qui l'emporte dans les airs.

651 **Le silence des ruches** Senior

par Michel Le Bourhis

Lorsque Julien apprend la mort de son grand-père, il est triste.
Bien sûr. Pourtant, dans ce deuil à cœur ouvert, l'espoir est là.
L'espoir, ce sont les souvenirs et les secrets partagés...

650 **Les rois de la combine** Senior

par Sheila Och

Karel et Jarda ont un problème : ils sont pauvres. Comment le
résoudre ? Très simple, pensent-ils, il faut gagner de l'argent :
vente de tickets de tram, de vers de terre... Rien ne les arrête !

BIBLIOBUS

Cet
ouvrage,
le trois cent
soixante-septième
de la collection
CASTOR POCHE,
a été achevé d'imprimer
sur les presses de l'imprimerie
Maury Eurolivres
Manchecourt - France
en janvier 1999

Dépôt légal : février 1999.
N° d'édition : 4427. Imprimé en France.
ISBN : 2-08-164427-4
ISSN : 0763-4544
Loi n° 49-956 du 16 juillet 1949
sur les publications destinées à la jeunesse